Sonya
ソーニャ文庫

されど、騎士は愛にふれたい。

犬咲

JN132238

イースト・プレス

contents

プロローグ　シーツは少し早かった

とある初夏の昼下がり。

ひっそりと静まりかえった離宮の奥。白い花枝模様が映える若豆色《ピーグリーン》の壁紙と、白を基調とした家具がやわらかな印象を与える部屋の中。

メダリオン柄をあしらった深緑の絨毯《じゅうたん》の上に、白い布の覆いがかけられた一脚《いっきゃく》の肘掛け椅子が置かれている。

まるで美術館で展示されるのを待つ作品のように。

背もたれが高く、ゆったりと身を休められそうな椅子の上には何かが置かれているらしく、かけられた布はふわりとふくらんでいる。

その布をジッと見つめるように、二十代半ばほどの青年が立っていた。

男らしさと優美さが絶妙なバランスで配分された端整な美貌《びぼう》。

短く整えられた白銀の髪、アメジストを思わせる鮮やかな紫の瞳。

金糸の刺繍《ししゅう》と飾緒《エギュレット》、金の総付き肩章《エポーレット》をあしらった純白の騎士服をまとい、凛と背すじを伸ばした立ち姿は、甲冑《かっちゅう》飾りか精緻《せいち》な彫像めいた印象を受ける。

まるで丹精をこめて作られた美術品のように美しい青年だった。

その麗しき騎士は、奇妙な事に山羊革の白手袋をつけていた。

縫製のしっかりとした手袋は実に温かそうで、さんさんと陽ざしが差しこむ初夏の陽気にはそぐわない。

そのせいか、食い入るように白布を見つめる騎士の額に、じわりと一粒の汗が浮かぶ。

「……っ」

やがて、ゴクリと喉を鳴らすと、彼は覚悟を決めたようにギュッと拳を握りしめた。

それから、握ったばかりの手をひらき、妙にのろくさとした動きで手袋を外して片膝をつき、微かに震える指先を白布へと伸ばす。

そのまま覆いを外すかと思いきや、騎士の手は布ごしに中身を探りはじめた。

長い指がゆっくりと白布の上をすべり、その下にひそむものの形を暴《あば》きだしていく。

それは華奢《きゃしゃ》な少女の姿をしていた。

くびれた腰の曲線を上に向かって手のひらでなぞり、だが、その上のふくらみにはふれることなく、するりと飛んで、頼りない肩、細い首を撫《な》でていく。

そこで彼は一度手をとめ、ポツリと何かを呟くと、少女の顔のある辺りにそろそろと手を伸ばした。

震える指が白布に隠された少女の顔を辿《たど》り、愛らしい輪郭《りんかく》を浮かび上がらせる。

なめらかな頬《ほお》の曲線、行儀よく閉じた目蓋《まぶた》、小さな鼻、ふっくらとした唇。

ひとつひとつ、指先で描くように、形を確かめるように手をすべらせていく。

やがて一通りなぞりおえ、頬に戻ってきたところで、騎士はピタリと動きをとめた。

少女の頬を左右からちょんとつつくような格好で眉間に深い皺《しわ》を寄せ、ジッと少女の顔を見つめる彼は何か迷っているようだった。

たっぷり数分間、その体勢のまま固まった後、ようやく彼は迷いを振りきるようにギュッと拳を握り、パッとひらいて、その手で少女の頬にふれた。

右手、左手と、大きな手のひらの間に小さな顔がすっぽりと収まる。

たったそれだけのことで、彼は一仕事を終えたかのように大きく息をつくと、グッと瞳に力をこめて、布の下に浮かび上がる少女と向きあった。

それから、少しの変化も見逃すまいというように、まばたきを――息さえとめて彼女を見つめながら、そろりと手を動かす。

小指から人差し指までは頬に添えたまま、そっと親指の腹で紅《べに》を刷《は》くように小さな唇をなぞっていく。

ゆっくりと上唇をなぞり、下唇へと移ろうとしたそのとき。

震える指先がすべり、唇の隙間へと潜りこんで——ん、とこぼれた少女の吐息が白布を揺らし、騎士の指をくすぐった。

「〜〜〜！」

瞬間、熱した鍋にふれたかのように騎士は声なき悲鳴を上げて、シュパッと手を引き、のけぞった。

そして、そのままズササと後ずさろうとして——長すぎる自らの脚にひっかかり、もんどりを打つようにずだん、と背中から倒れこむ。

「ぐぁっ」

「——リュシアン!?」

白布の内側から透き通るような声が上がり、バサリと布がめくれる。

布の下から立ち上がったのは、青りんごのように爽やかな色彩のドレスをまとった金色の巻き毛の少女。

華奢な首や耳たぶに光る小さな金細工の宝飾品や、ドレスの襟元と袖口を飾る控えめなレースが、少女の楚々とした美貌を引き立てている。

磨きぬかれたエメラルドを思わせる新緑の瞳が、ごろんと絨毯に転がる騎士をみとめて、こぼれんばかりにみひらかれた。

「ああっ、大丈夫ですか!?」

慌てて膝をつき、少女は騎士に声をかける。

けれど騎士は床に転がったまま、ワナワナと両手を震わせ、かぶりを振った。

「だめです……！　温もりが……温もりが伝わってきて……っ」

呟きながら、ぐうぅ、と手負いの獣めいた呻きをこぼし、堪えられないというように、ギュッと拳を握りしめる。

「くっ、申しわけございません、エレナ様っ、やはりまだ無理です……！」

騎士は世にも美しいかんばせに悲痛な色を浮かべて、自らが近衛として仕えている少女――クレサント王国第一王女エレナを見上げ、叫んだ。

「尊すぎて、ふれられません！」と。

それから、ガクリと床に手をつき、許しを乞《こ》うように頭を垂れた。

「……ああ、リュシアン」

奇妙な懺悔《ざんげ》を受けたエレナは戸惑うことも噴きだすこともなく、痛ましげに眉を寄せながら辺りを見回す。

そして、床に落ちていた手袋に目をとめて拾いあげると、慈愛に満ちた笑みを浮かべて、ひれ伏す騎士に差しだした。

「……さあ、どうぞ。お着けになって」

「っ、ありがとうございます！」

やさしく促された騎士は、飛びつくように手袋を受けとると「では、失礼して――」と、そそくさとそれを両手に嵌《は》めて、ホッと安堵の息をつく。

それから、クッと眉間に皺を寄せ、リュシアンは煙《けぶ》るような長い睫毛《まつげ》を悔しげに伏せた。

「またしても無様な姿をお見せしてしまい、情けない限りです……！」

「……大丈夫。嘆くことはありませんわ」

手袋で守られた彼の手をそっと両手で包み、エレナは微笑《ほほえ》んだ。

「シーツは少し早かったですね。もう一度、毛布に戻ってやりなおしましょう」

ゆったりと告げれば、エレナを見つめるアメジストの瞳が、じわりと潤《うる》む。

「っ、……はい、エレナ様」

「どうか落ちこまないで。まだ、たったの三週間ですもの……」

エレナは労わるようにリュシアンを見つめ返しながら、握った手に、ほんの少しだけ力をこめて励ました。

「私たちの治療は始まったばかりです！」と。

第一章　鳥籠聖女と不能騎士

　ひらいた窓から木蓮の香りが舞いこむ、春の午後。

　離宮の私室で、エレナは小型の長椅子《セティ》に腰をおろして、月に一度の居心地の悪い時間を迎えていた。

「――さあ、聖女様！　どちらの衣装がお好みですか？」

　どん、どん、どん、と三体のファッションドールをエレナの前のテーブルに並べ、問いかけてきたのはラポメ夫人。

　年のころは四十前後、ふっくらとした大柄な身体に目にも鮮やかなカナリア色のドレスをまとった彼女はモード商人だ。

　夫人の傍らにあるトランクの中には、さまざまな布地の見本と服飾小物が詰まっている。

「やはり夏に向けて軽やかな生地がよろしいかと思いまして、お勧めの品でお仕立て見本のドールをご用意いたしました！　左のドールは何とも爽やかな青りんご色でございますし、真ん中のドールはミントブルーと白のストライプが目にも涼しげでございましょう？右のドールはパニエを用いず、シフォン生地を重ねてスカートをふくらませております。羽のような着心地だと、南のサンクタム王国で大人気の生地でございますよ！」

　まっ赤な唇が動いて、するすると口上があふれてくる。

「お選びになった布に合わせてレースやおリボンも新しくおあつらえになるのがよろしいかと……ああ、イヤリングやネックレスも、ご用命とあらば喜んでご用意いたしますので、何なりとお申し付けくださいませ！」

　何か買うと約束するまで絶対に帰らないぞ、と言わんばかりの勢いで迫られ、エレナは和やかな笑みを浮かべながらも内心途方に暮れていた。

　ラポメ夫人は毎月一度、母のご機嫌伺いをした帰りに、ついでのように離宮に寄って、もう一商売していくのだが、エレナはこの時間が苦手だった。

「聖女様に相応しいのはやはり白色かと思われます！」

　そう言ってラポメ夫人が右のドールを抱きあげ、差しだしてくるのを受けとって、目に染みるような純白のドレスにそっと手を這《は》わせ、エレナは情けなく眉を下げる。

　ふんわりさらりとした感触は確かに軽やかで、肌にまとえばきっと心地がよいだろう。

――けれど、これを薦めるということは、これが一番高価なのでしょうね……。

付属の小物は目にしたことのない物ばかりで、手持ちの物では代用が利きそうにない。

エレナはシフォンのドレスをまとったドールを、そっとテーブルに戻して微笑んだ。

「とても素敵ですわね。ですが、そちらの青りんご色のドレスにしますわ」

「……さようでございますか」

爽やかなグリーンのシルクサテンをまとったドールを指し示すと、ラポメ夫人はあからさまにがっかりした表情になった後、ニコリと笑みを作りなおした。

「かしこまりました、確かにこちらも素敵でございますよね！　では、こちらに合わせるレースとおリボンはいかがいたしましょうか？　色々と取り揃えておりますよ！」

「ありがとう。けれど、あまり飾りは付けたくないのです」

意気揚々《いきようよう》とトランクに手を差し入れるラポメ夫人に声をかけるが、彼女の動きはとまらない。

「まあ、何と慎ましい！　さすがは清貧《せいひん》の聖女様！　尊きお心がけには感激いたしますが、たまには華やかに装うのも楽しゅうございますよ！」

歌うように言いながら、ラポメ夫人はトランクから新たな商品を取り出そうとしている。

その様子にエレナがひそやかな溜《た》め息をこぼしたとき、しなやかな足音が背後から聞こえた。

不意にラポメ夫人の口上がとまり、瞳が上へとずれて、とろりと恍惚《こうこつ》に染まる。

壁際で控えていた騎士――リュシアンが近付いてきたのだろう。

やがて、すぐ後ろで足音がとまり、エレナの耳に低く艶《つや》やかな声が響いた。

「――エレナ様、お時間です」

耳をくすぐる吐息に思わず鼓動が跳ねる。

けれど、すぐにエレナは彼の意図に気が付いて「あら、もうそのような時間ですか」と呟くと、ラポメ夫人に微笑みかけた。

「……申しわけありませんが、これから母の治療があるのです。遅れては陛下のご機嫌を損ねてしまいますので……」

「――っ、あら。これは長居をいたしまして、申しわけございません！」

リュシアンの顔に見惚《みと》れていたラポメ夫人は、ハッとしたようにエレナに向きなおった。

「では、ドールと布地は見本として置いてまいりますので、どうぞこちらの見本帳と共にごゆっくりとご検討くださいませ！」

そう言ってラポメ夫人はレースとリボンの見本帳を取り出し、ドンとテーブルに載せると、そそくさと品物をしまいこんで嵐のように去っていった。

ラポメ夫人の足音が聞こえなくなったところで、エレナはホッと息をついて振り返り、

「ありがとう」とリュシアンに微笑みかけた。

「いいえ。お役に立てましたのなら幸いです、エレナ様」

冷たく取り澄ましたような美貌がほころび、やさしく微笑み返される。

エレナはポッと頬が熱くなり、慌てて見本帳に手を伸ばすと、顔の前で広げて赤らむ頬を隠した。

──ああ、今日も美しいわ……！

三年前に彼がエレナ付きの近衛騎士となって以来、ほぼ毎日顔を合わせているというのに、いまだに見惚れそうになる。

今年二十五歳になるリュシアンはヴェルメイユ侯爵家の嫡男であり、彫像のような美貌に加えて文武ともに優れ、貴公子と呼ぶに相応《ふさわ》しい青年だ。

エレナは彼が自分の騎士に選ばれたことを、心から──気の毒に思っている。

──本当に、どうしてこのような素敵な方が、私の騎士なのかしら……。

ひそやかな溜め息をこぼすと、エレナはそっと見本帳をテーブルに戻した。

それから、青りんご色のドレスをまとったファッションドールを抱きあげて、ひらいた襟元を指でなぞり、苦笑いを浮かべる。

「……またドレスだけの注文では、ラポメ夫人をがっかりさせてしまうでしょうね」

清貧の聖女とはよく言ったものだ。

──ただ、ドレスを購《あがな》う余裕がないだけだというのにね……。

王家の懐《ふところ》事情が苦しいわけではない。王妃のためには贅《ぜい》を凝《こ》らした瀟洒《しょうしゃ》なドレスが毎月のように仕立てられている。

けれど、それはエレナには許されていない――国王の意向によって。

エレナは国王と王妃の間に生まれた唯一の正統な王女でありながら、実の父である王に疎《うと》まれ、憎まれているのだ。

王家に代々伝わる奇跡の力を持って生まれておきながら、父の期待に応えられない無能な聖女であるがゆえに――。


クレサント王家は聖女の末裔、尊く希少な血すじとして知られている。

今から四百年ほど前。現在のクレサント王国の国土にあたる地域には、大小さまざまな公国や王国が乱立していた。

その中の小国のひとつを統治していた若き領主が、ある日狩りに出た。

狩りに夢中になる内に領主は家臣とはぐれて怪我を負い、森の中で倒れていたところを一人の少女に助けられた。

金の髪にエメラルドの瞳を持つ、世にも美しい娘だったという。

少女が領主の手を取り祈りを捧げると、彼の傷はたちまち塞がり、歩けるようになった。

その力に魅せられ、少女自身にも惹かれた彼は、少女を城へと連れ帰った。

人の言葉を解さず鳥のように囀《さえず》る少女に、領主は人間の言葉と男女の情愛を教えた。

少女もその愛に応え、領主の望むままに数多《あまた》の民を救い、いつしか聖女と呼ばれるようになった。

やがて二人の間に何人かの子供が生まれた。

子供たちが育つにつれて聖女は徐々に奇跡の力を失っていったが、代わりに娘の一人がその力に目覚めたという。

その娘が子を産み、さらにその子へと奇跡の力は受け継がれ、脈々と伝わり今に至る。

不思議なことに、聖女の力に目覚めるのは一時代に一人きりで、それも女児だけだった。

果実が地に落ちて新たな種が芽吹くように、先代の聖女が子を産んで力が弱まると、王家の血を引く娘の一人が力に目覚める。

子供が男児のみの場合、聖女の力は次の世代まで持ちこされた。

そのため、クレサント王家では他国と異なり、世継ぎである男児よりも、女児の誕生のほうが民に喜ばれる。

それを面白く思わぬ兄や弟によって、表向きは尊ばれ、奇跡の力を利用されながらも、冷遇される聖女もいたという。

エレナもその一人だ。

もっとも、彼女を冷遇しているのは兄ではなく、父親であったが。

エレナは生まれてから十八年と少し、その人生の大半を、実の父であるクレサント国王ドミニクによって離宮に閉じこめられてきた。

表向きは聖女の血すじを守るためという名目で、実のところは身体の弱い王妃ミレーヌの治療係として手元に置いておくため。

エレナはクレサント王の籠《かご》の鳥、王妃の常備薬として生かされているのだ。

ただの薬が着飾る必要などない――そんな父の意向によって、エレナのための王室費は必要最低限まで削られている。

それでも王族として品位を損なわぬよう、季節ごとにドレスを新調する必要があるため、その度にエレナは頭を悩ませることになるのだった。

そして、それは今回も同じことで――。


エレナはドールを抱きしめ、はあ、と溜め息をこぼした。

――ああ、今回はどうしましょう……飾りなしというわけにはいかないものね……。

ドレスの生地はそこまで高価ではない。高くつくのは付属品だ。

中でも、上等なレースはそれなりに値が張るため、そう簡単には注文できない。

かといって「お金がないから買えない」と告げては王家の恥をさらすことになる。

そのため、ラポメ夫人と顔を合わすたび、エレナはいたたまれない心地になるのだった。

今回もスカートの縁を共布《ともぬの》で作ったフリルで飾り、襟元と袖に手持ちの古いドレスからレースを付けかえて、どうにか格好をつけることになると思うが……。

――いつか何か、きちんとした品を頼んでさしあげたいものだわ。

父に忖度《そんたく》し、エレナと関わることを嫌がる者が多い中、商売のためとはいえ、ぐいぐい豪快に迫ってくるラポメ夫人のことを、エレナは嫌いではないのだ。

せめてリボンだけでも新調しようと思いながら、そっとドールの髪を撫でたそのとき。

「……お気になさる必要はございません」

やわらかな声にエレナが顔を上げると、リュシアンがテーブルの傍らに片膝をついて、まっすぐに彼女を見つめていた。

「服飾品の有無や金額の多寡《たか》など些末《さまつ》なことです」

「……そうでしょうか？」

「はい。エレナ様の御身を飾るドレスを仕立てる名誉に与《あずか》るのですから、それだけでも身に余る光栄でございましょう」

大仰《おおぎょう》すぎる物言いを面映く感じながらも、彼なりの慰めの言葉なのだろうとエレナは頬をゆるめた。

「……ありがとう」

礼を言って、テーブルに置かれた青りんご色のドレスをまとったドールに視線を向ける。

「そのドレス、あなたはどう思いますか？」

リュシアンはわずかに首を傾げつつ、ドールを手に取った。

「そうですね。エレナ様は存在自体がお美しいので、どのようなドレスでもお似合いかと存じますが……」

などと参考にならないことを言いながら、ドールを頭の天辺からつま先まで矯《た》めつ眇《すが》めつ、じっくりと検《あらた》めた後、彼はふと感慨深そうに呟いた。

「……相変わらず、見事な作りですね」

ドールがまとうドレスの仕立ては、実物と同様の作りになっている。スカートの裾から覗く足には金のバックルがついたドレスと共布の靴を履いており、絹のストッキングには金糸の刺繍がほどこされていた。

まさに、小さな貴婦人といった装いだ。

それを両手で捧げ持つようにしてながめるリュシアンの表情は、どこか恍惚として見えた。

「……気に入りましたか？」

ふふ、とエレナが微笑むと、リュシアンはハッと我に返ったように長い睫毛をまたたき、そそくさとドールをテーブルに戻した。

「……失礼いたしました。美しい物を見ると、つい見入ってしまいまして……」

こほん、と咳払いをひとつして居住まいを正すと、リュシアンはエレナに微笑みかけた。

「このドレスならば、アクセサリーは翡翠が合うでしょう。ちょうどよい色合いの石が当家にございますので、お作りいたしますね」

「えっ」

当然のことのように告げられ、エレナは慌ててかぶりを振った。

「結構です！　以前に贈ってくださったエメラルドのネックレスがありますから！」

「あのエメラルドでは緑が強すぎます」

さらりと首を横に振り、リュシアンは笑みを深めた。

「エレナ様。どうかまた、この世で最も尊く美しいあなたを飾る権利を私に――我がヴェルメイユ家にお与えください」

「ですが――」

「それとも、卑《いや》しい商人貴族の贈り物など受けとりたくないとお思いですか？」

スッと笑みを消し、真剣なまなざしで問われ、エレナは口にしかけた断りの言葉をグッと呑《の》みこんだ。

「……そのようなこと、一度たりとも思ったことはありませんわ」

商人貴族――口さがない社交界の人々は、リュシアンや彼の父のことをそう呼んでいる。

リュシアンの父であるゴダールは多くの芸術家のパトロンでもあり、彼の支援で才能を開花させた画家や彫刻家も少なくない。

それだけならば貴族として珍しくはないが、ヴェルメイユ家はいくつもの工房を経営し、国内外との取引を手広く行っている。

金細工に宝石加工、養蚕につづき、昨年は国産のレース工房を立ちあげたそうだ。

リュシアン自身も事業に携わっており、近衛騎士としてエレナに仕えながら、月に一度の休日には、父親と事業について話しあうため、領地に帰っている。

親子そろってやり手の実業家と言えるが、それは、この国の貴族としては非常に珍しいことなのだ。

ヴェルメイユ侯爵家は歴史こそ古いが、リュシアンの祖父の代までは、さほど目立たぬ地方の一貴族で、爵位も一段低い伯爵家だった。

金山と金細工の工房を所有する裕福な家柄ではあったが、今よりも工房の規模は小さく、技術は確かではあるものの職人の数も少なかった。

けれど、リュシアンの父であるゴダールがすべてを変えた。

父親を早くに亡くし若くして爵位を継いだゴダールは、周囲の反対を押しきって工房の規模を拡大し、中流階級まで顧客を広げ、貴金属の買いとり業まで始めた。

商いは大当たりし、彼は儲けた金で領地を買い拡げ、そこで新たな産業を興していった。

そして、二十五年前。リュシアンが生まれた年に、国が大飢饉《だいききん》に襲われた。

その際、ゴダールは先代の王に求められるがまま莫大な額を国庫に供出し、その見返りとして侯爵家に陞爵《しょうしゃく》されたという。

それは努力の結果として得た正当な地位だと、エレナは思っている。

けれど、商売など貴族のすることではない、卑しい行いだという考えが根強いこの国の社交界において、ヴェルメイユ家は良くも悪くも常識外れな存在なのだ。

「……さようでございますか。それを聞いて、安堵《あんど》いたしました」

噛みしめるようにそう言って、リュシアンはエレナに微笑みかけた。

「では、受けとっていただけますね？」

エレナは、う、と眉をひそめる。

――ずるいわ……！

この流れで「いりません！」などと言えるはずがないではないか。

「……はい。お気持ち、ありがたくいただきます。ですが、その……あまり凝った品は、おやめくださいね」

「はい、もちろん。エレナ様を飾るに相応しい品をご用意いたします」

満足げな笑みで宣言されて、エレナは思わず苦笑いをこぼす。

――飾るに相応しい、ね……。

彼の言葉は、少しばかり独特だ。

いつも、エレナのことを価値ある美術品のように褒めたたえてくれる。

大切にされるのは、とても嬉しい。

嬉しいが、どうにも色恋の相手としては意識されていないようで、彼に想いを寄せる身としては複雑だった。

「……では、まいりましょうか、エレナ様。そろそろ、本当にお時間ですので」

そう言って、リュシアンは優雅な仕草で手を差しだす。

その手は、すべらかな白い手袋に包まれている。

彼がエレナに素手でふれることはない。いつも、手袋ごしに恭《うやうや》しくふれるだけだ。

「はい、行きましょうか」

これもまた美術品扱いのようだと思いながら、彼の手に自分の手を重ねる。

──ふれてほしいと思うなんて、贅沢《ぜいたく》よね。

彼はエレナにふれられないからこそ、彼女の騎士でいられるのだから。

やさしい言葉で仄《ほの》かな恋心を満たしてもらえるだけで、充分、満足しなくては。

そう理解しながらも、やわらかな山羊革の感触に、エレナは少しの切なさを覚えずにはいられなかった。

＊　＊　＊

母の手は、いつも凍えている。

月に一度の治療の日、母の手を握るたび、手のひらに伝わる指の細さ、その冷たさに、エレナの胸は締めつけられる。

しっかりと握って温めないと、今にも脈がとまってしまいそうな気がしてしまうのだ。

心の臓が悪いのと血が足りないせいだと医師は言うが、母の冷たい手にふれるたびに、エレナは不安と自責の念に駆られる。

聖女の力を持って生まれたエレナは、今まで一度も病にかかったことがないため、母の抱える苦しみを本当の意味で理解することはできない。

そのことが、いつも後ろめたく、悲しかった。

今も、母が横たわる寝台の傍らに腰かけて手を握り、青く浮腫《むく》んで隈《くま》の浮いたその顔を見つめながら、エレナは自分の無力さを噛みしめていた。

「……お母様、祈りますわね」

やさしく声をかけるが、母は悲しげに目を伏せるだけで答えない。

エレナは溜め息をこぼしたくなるのを堪えて目をつむり、胸の内で唱えた。

――どうか奇跡を。この者を痛みと苦しみからお救いください。

祈りと共に、握りしめた手の内で淡い金色の光があふれだし、指の間からこぼれ落ちる輝きが光の帯となって、エレナと母の身体をぐるりと取りまく。

二人を包みこむ光は目をつむっていても感じるほどに、ごうごうと眩さを増していき、巻き起こる風が髪を揺らし、やがてふわりと飛び散り消えた。

ゆっくりと目蓋をひらいてエレナが目にしたのは、元のように寝台に横たわる母の姿。

けれど、その顔からは、先ほどまであった浮腫みや色濃い隈が消えていた。

──ああ、よかった。

エレナが安堵の息をつくと、母は白くすべらかな頬をぎこちなくほころばせ、ゆっくりと身を起こした。

「……ありがとう、エレナ。だいぶ、楽になったわ」

血の気の失せた唇から、かすれた細い声がこぼれる。

こほ、と小さく咳をするのを見て、エレナは寝台横のナイトテーブルに置かれた水差しを取りあげ、グラスに水を注いで母に差しだした。

聖女の力は万能ではない。

治せるのは身体の不具合だけで、渇《かわ》きや飢《う》え、心までは癒《い》やせないのだ。

「……ありがとう」

一口喉を潤して、母は淡く微笑んだ。

それから窓辺に視線を向けると、眩しそうに目を細めてポツリと呟いた。

「……今日は天気がいいのね」

ずらりと壁一面に並ぶ、天井に向かって美しいアーチを描く窓。

差しこむ春の陽ざしが室内をさんさんと照らしている。

見晴らしのよい窓は元からあったものではなく、父が母のために壁を壊して設《しつら》えたものだ。

身体が弱く、外どころか王宮内すら自由に歩くことがままならない最愛の妻が、部屋にいながらにして日光浴を楽しめるようにと。

ふと、何かを懐かしむように母が目を細める。

「……本当にいい天気。故郷にいたころは、こんな日はいつも、弟や妹と一緒に森の中を歩いたものよ……ああ、あの噎《む》せかえるような緑の匂いが恋しいわ……！」

母の故郷は緑が豊かで空気が澄みわたり、夜になると空を埋めつくすほどの星々が輝く、それは美しいところらしい。

在りし日の光景を思いだしているのだろう。

「本当に、あのころは自由で楽しかった……」

うっとりと呟いたと思うと、突然、フッと蝋燭《ろうそく》の炎が消えるように母の表情が沈む。

「……ごめんなさいね、エレナ」

憂《うれ》いに満ちた声がエレナの胸に刺さる。

「いつもあなたの自由を奪って、煩《わずら》わせてばかりで……」

悲しげに伏せる母の瞳は海のように青く、肌は淡雪のように白い。結いあげた亜麻色の髪を支える首は、大人の男であれば片手でつかめそうなほどにほっそりとしている。

四十も半ばを過ぎたというのに、母の儚《はかな》げな美貌には翳りが見られない。

二十三年前、巡幸で母の故郷を訪れた父が、地方領主の娘だった母と出会って一目で恋に落ち、半ば強引に愛を乞うた日から変わらず、今も父の心を捕らえつづけている。

それが母にとって幸せなことなのかはわからないが……。

「……いいえ、お母様」

エレナは母の手を取り、そっと両手で握りしめて微笑みかけた。

「煩わしいと思ったことなど、一度たりともございませんわ。私は、お母様のお役に立てることを、本当に嬉しく思っております」

そう告げると、母は煙るような睫毛を伏せた。

「……ありがとう。あなたは本当にやさしい子……だからこそ、私は苦しい」

長い睫毛と深い憂いが母の顔に影を落とす。

「私さえいなければ、あなたは自由になれるのに……聖女の力を、あなたの人生を、こんなことに使わせてしまって……他にしたいこともあるでしょうに……」

母の視線が暖炉の傍で控えるリュシアンへと向けられ、溜め息と共に床に落ちる。

「花の盛りの若い娘をこんな窮屈な場所に閉じこめて……本当にだめな母親ね」

そっと胸を押さえる姿に、エレナの胸も締めつけられた。

「お母様、そのような悲しいことをおっしゃらないで……」

握る手に力をこめて、励ますように声を強める。

「お母様が健やかになってくださることが私の――」

一番の願いだと告げようとしたそのとき、どん、と力強いノックの音が響いた。

エレナはビクリと肩を揺らし、サッと扉に目を向ける。

「私だ、ミレーヌ。入るぞ！」

重厚な扉の向こうから低く張りのある声が響いて、エレナは反射のように母の手を離し、立ち上がった。

「あっ」

肘が背もたれに当たり、ガタンと椅子が傾く。手を伸ばしたが間に合わなかった。

騒がしい音を立てて椅子が床に転げると同時に、勢いよく扉がひらかれる。

どすどすと靴音を響かせ、金の髪をなびかせて室内に踏みこんできたのは、大柄な壮年の男――クレサント国王ドミニクだった。

「……何だ、今の音は」

エメラルドの瞳をギョロリと動かし、寝台の傍で立ちすくむエレナを見とめると、父は精悍《せいかん》な美貌を不快気にしかめた。

エレナは慌てて床に膝をつき、椅子を引きおこす。

「椅子が倒れただけですわ、あなた」

淡々と母が父に告げる。

「ふん。作りの悪い椅子だな。明日にでも換えることにしよう」

不機嫌そうに言いながら大股に近付いてきた父は、エレナを睨みつけると、その手から起こしたばかりの椅子を奪いとり、礼も言わずに腰をおろした。

「……ただいま、ミレーヌ」

母に向きあうなり、父の顔がしまりなく笑み崩れる。

「ああ、君の顔を見ると心が安らぐ。不快な客の相手をした疲れが癒やされるよ」

「不快な客、ですか？」

「ああ。サンクタムの使者だ。サンクタム王に質《たち》の悪いできものができたとかで、聖女の力を借りたいとしつこくてな……」

父は舌打ちをせんばかりの口調で言いながら、顔をしかめる。

「三年前の民の治療で力を使い果たしたから無理だと言っているのに、試すだけでも、とうるさいので、フレデリクに押しつけてきた」

小さく相槌を打ちながら聞いていた母の顔が、フレデリクという名が出た瞬間にピクリと強ばった。

フレデリク――クレサント王国の王太子である彼はエレナの兄であり、父の最初の子供でもあり、母にとってはなさぬ仲の息子にあたる。

その名は母にとって、ある意味特別なものなのだ。

悲しみと怒り、哀れみが入り混じった複雑な感情が、深い青の瞳をよぎる。

けれど、父は母の憂いに気付くことなく、愉快そうに笑い声を立てた。

「あやつはサンクタム語の発音が笑えるほどに下手だからな、使者も呆れて諦めるさ！」

一国の王としても父としても、あんまりな物言いに、エレナは思わず口をひらいていた。

「あ、あの……お父様」

「――何だ。まだいたのか」

鬱陶《うっとう》しげに言われ、エレナは身がすくむような心地になった。

「さっさと帰れ。治療は済んだのだろう」

舌打ちせんばかりの声音に「はい」と答える声が震える。

ジロリとこちらを睨みつけるエメラルドの瞳は、エレナとよく似た色をしているのに、温かな肉親の情など欠片もない。

ただ、冷たく憎々しげな、敵意にも似た感情に満ちている。

エレナは、恐怖と緊張で舌が強ばりそうになるのをどうにか動かし、声を出した。

「あ、あのっ、りょ、両国の国交のためにも、よろしければ――」

サンクタム王の治療を、と口にする前に「要らぬ！」と斬りつけるように遮られる。

「おまえの役目は王妃の健康を守ることだ。それすら満足にできぬというのに、余計な口出しをするな！　この無能聖女が！」

怒気を孕《はら》んだ声が耳を打ち、エレナは小さく身を震わせた。

「申しわけ、ございません……っ」

無能聖女。幾度となく言われた言葉が胸に突き刺さる。

父は母の健康を損なうものを許さない。

エレナを産んだ際、多量の出血により母は生死の境をさ迷った。

妻を苦しめ、その命を削りとるようにして生まれてきた娘を父は憎んでいるのだ。

その憎しみは、年を重ねて母の身体が弱まるにつれて強くなるようで「なぜ、いつまでたっても治せないのだ！」「役立たずの聖女め！」と声を荒らげることも増えた。

エレナとて母を救いたい。母が健康になってくれたならどんなに良いかと毎日のように思っている。

けれど、生来の体質や心の病は聖女の力では治せないのだ。

母は生まれながらに心臓が弱く、身体が虚弱であることに加えて、エレナが物心ついたころには心を病み、深い憂いに囚《とら》われていた。

月に一度の治療で身体の症状を和らげることはできても、心までは救えない。

そう何度も父に説いたが、父は「己の無能さへの醜《みにく》い弁明だ」とエレナを罵《ののし》るだけで、一度も聞きいれてはくれなかった。

「……ああ、忌々《いまいま》しい！　やはり、三年前、おまえを聖女として披露するのではなかった。今もミレーヌが治らぬのは、きっとあのとき力を浪費したせいだ。おまえの力はミレーヌのためだけにあるべきだというのに！　母親一人救えない聖女に何の価値がある！」

「陛下、おやめになって」

か細い母の声が響くが、激高した父の耳には入らないようだった。

「――ああ、エレナ、もういいわ。離宮に戻りなさい」

このままでは危ないと思ったのだろう。促す母の声が耳に届いていたが、エレナは父を見つめたまま、足がすくんで動けなかった。

「何を見ている！　何か言ったらどうなのだ!?」

父が苛立たしげに拳を握りしめ、立ち上がる。

ああ、殴られる――過去の痛みの記憶が甦《よみがえ》り、ひ、と息を呑み、目をつぶったそのとき。

「――エレナ様」

いつの間にか傍に来ていたリュシアンに声をかけられ、エレナはパチリと目をひらいた。

「王妃殿下は陛下と二人きりになられたいようです。邪魔者は退散いたしましょう」

静かに促されて、フッと身体の強ばりがほどける。

「……ええ、そうですね。……では、失礼いたします。お父様、お母様」

エレナはドレスの裾を摘まみ、父と母に向かって腰を落とした。

「ええ、ありがとう。エレナ」

ホッとしたように母は頷き、それから、父に向かって微笑みかけた。

「さあ、陛下もお座りになって。エレナの騎士の言う通り、私はあなたと穏やかな夫婦の時間を過ごしたいのです」

笑顔で窘《たしな》められた父は、上げかけた拳を決まり悪そうに下げた。

そうして、すとんと椅子に腰をおろすと、ふん、と鼻を鳴らして吐きすてた。

「……あと少し遅ければ、愚鈍《ぐどん》な娘を殴りつけていたところだ。不能騎士に礼を言うのだな」

嘲《あざけ》りに満ちた言葉に、エレナは小さく息を呑む。

言い返さなければとパッと口をひらいて――けれど、何も言えずに、そっと俯いた。

――だって、ここでお父様を怒らせては、リュシアンやお母様の好意が無駄になってしまうもの……。

そのような言いわけを心で呟きながら。

「……まいりましょう、エレナ様」

「……ええ」

頭のどこかから「怒鳴られるのが怖いだけでしょう?」と自分を嘲る声が聞こえたが、耳を塞ぎ、エレナはリュシアンに手を引かれて、すごすごと母の私室を後にした。

＊　＊　＊

「――あの、先ほどは、ごめんなさい！」

人気《ひとけ》のない回廊に入ったところで、エレナは足をとめてリュシアンに頭を下げた。

「あんなひどいことを言われたのに――」

何も言い返せなかったと謝ろうとするのを、彼はやさしく遮った。

「私は気にしておりませんよ。不能騎士だからこそ、あなたのお傍にいられるのですから。むしろ、名誉称号だと思っております」

「っ、そんなわけないでしょう……！」

エレナは俯いたまま、ギュッとドレスの裾を握りしめ、声を震わせる。

「名誉だなんて、そのようなこと……あるはずないではありませんか……！」

父の意向で、エレナに付く近衛騎士は、男としての盛りを終えた者と決められている。

はっきり言えば、寄る年波に負けて下半身が用をなさなくなった者――男性機能が衰え、女を孕ませることができなくなった者が代々選ばれてきた。

ゆえにエレナの騎士であるということは不能の証明に他ならない。

王族を守る近衛騎士に任ぜられるのは本来名誉なことだが、エレナ付きの騎士は違う。

彼女の騎士に選ばれることは『不能騎士』の烙印《らくいん》を押されて嘲られる、男としてこの上なく不名誉なことなのだ。

父が決めたこととはいえ、自分を守ってくれる騎士にそのような屈辱を強いていることを、エレナはいつも申しわけなく思ってきた。

「ごめんなさい、私のために恥をかかせてしまって……！」

「……エレナ様、どうかお顔をお上げください」

リュシアンはやさしく促すと、エレナの肩を宥《なだ》めるように撫で、眉を下げた。

「真実、私はそう思っておりますよ。名誉なことだと。エレナ様は、私が嘘つきだとおっしゃるのですか？　私の言葉は信用ならないと？　もしもそうならば、悲しいです」

「えっ、い、いえ……そのようなことは、ありませんわ！」

「さようでございますか。ああ、よかった。信じていただけて何よりです！」

世にも美しい顔に晴れ晴れとした笑みを浮かべつつそう言われ、それ以上、何を言えるだろうか。

「では、帰りましょうか、エレナ様。今日は天気が良いので、きっと緑が美しいですよ」

「……そうですね、帰りましょうか」

誘う声に頷き、それからエレナは消え入るような声で「ありがとう」と呟いた。
リュシアンは「いえ」と短く答えると、ふわりと頬をほころばせ、主人を慰めるように
やさしく微笑んだのだった。

父と母が住まう王宮から、エレナの離宮まで、彼女の足で半時間ほどかかる。
踵《かかと》の高い靴で歩くには遠いが、月に一度のいい運動の機会だろうと言って、父は馬車や
馬の使用を許してくれない。
今まではそれが辛かったが、リュシアンがエレナの騎士になってからは二人きりで歩く
時間が楽しみになった。
――急かされることなく歩けるのは、本当にありがたいわ……。
特殊な選考基準に加えてエレナ自身が王に疎まれているということもあり、これまでは
エレナの近衛騎士に選ばれたことを不満に思う者も少なくなかった。
前任者も、外出の際にエレナに付き従わなくてはならず、宮廷の人々から哀れみや好奇
の目を向けられるのが嫌だったのだろう。
少しでも一緒にいる時間を減らしたいのか、いつも一人で先にずんずんと歩いていき、
遠くで立ちどまり振り返っては、慌てて追いつこうとするエレナを渋い顔でながめていた。
またせるのは申しわけなかったが、半ば小走りで進みつづけるせいで、離宮に着いたと

きには胸が苦しくて仕方がなかったものだ。

けれど、リュシアンは、いつでもエレナの歩幅に合わせて、ゆっくりと歩いてくれる。庭園を抜ける際には四季折々の花をながめる時間も作ってくれて、ベンチや噴水の縁に腰かけ、他愛のないおしゃべりに興じるのは、エレナにとって至福のひとときだった。

——本当に、やさしい方……。

傍らを歩く彼をそっと見上げると、視線に気付いたのか、ふわりと笑いかけられる。きゅんと胸が締めつけられて、慌ててエレナは前を向いた。

トクトクと耳の奥で鼓動が速まる。きっと頬も赤くなっているはずだ。

騒ぐ胸をそっと押さえて、ふと眉をひそめる。

——これほど美しく、やさしい方なのに……私の騎士だなんて……。

彼の抱える悩みを思いだして、エレナは先ほどとは違う意味で胸が締めつけられた。

＊　＊　＊

エレナが聖女の力に目覚めたのは四歳のとき。

父に殴られて泣くフレデリクの腫《は》れあがった頬を撫で、「治してあげたい」と願ったのが始まりだ。

その日から、エレナは次代の聖女を産む胎《はら》となることが決まっている。

何人目の子になるかはわからないが、女児が生まれれば、その子が聖女になるだろう。

そのため、エレナは物心ついたときから、父の管理下に置かれていた。

幼いころは王宮の敷地内であれば自由に歩き回れていたが、エレナが育つにつれて管理は厳しくなっていった。

そして、十一の歳に初潮を迎えると、その翌日、父は「不用意に孕むことがないように」とエレナを離宮に幽閉し、健康な男が離宮に足を踏み入れることを固く禁じた。

エレナがリュシアンと出会ったのは、その初めての女の兆しが訪れた日のことだった。

――と言っても、顔を合わせて言葉を交わしたわけではない。

王室礼拝堂で行われた、リュシアンの騎士叙任式を覗き見たのだ。


当時、既に彼の美貌は宮廷でも評判になっていた。

その噂の君が騎士になるというので侍女たちは色めき立ち、エレナも好奇心を刺激され、こっそりと礼拝堂の観衆にまぎれこんだ。

騎士の叙任式を見るのは初めてだったが、深紅の絨毯の上、真新しい騎士服をまとい、剣を手にした父の前に跪《ひざまず》いたリュシアンは神々しいほどに美しく、眩く感じた。

騎士の誓いが凛と響き、ステンドグラスから差しこむ七色の光が祝福のように降り注ぐ。

父の手が上がり、白々と輝く剣が彼の右肩に置かれ、スッと引かれて翻り、左肩へと移って――次の瞬間、礼拝堂中に響くほどの音を立て叩きつけられた。

観衆からどよめきが上がり、「ひどい」と呟く声が幾つもエレナの耳に入ってくる。

――え？　何？　どうしたのかしら？

キョロキョロと辺りを見渡していると、父の声が耳に届いた。

「――商人貴族の倅《せがれ》が騎士になるとはな……騎士の誇りを穢《けが》さぬよう、精々励むがいい」

リュシアンの鼻先に刃を突きつけ、冷ややかに吐きすてる。

父の不機嫌そうな様子から、エレナはようやく察した。

本来の儀式は、あれほど強く叩くようなものではないのだと。

慌ててエレナは跪く騎士に目を向ける。怪我をしたのではないかと心配になったのだ。

けれど、リュシアンは痛みなど何も感じていないかのように優雅な笑みを浮かべていた。

「はい。この剣に誓いまして――」

そう言いながら彼は貴婦人の手を取るように刃を両手でつかみ、そっと口付け、毅然《きぜん》と顔を上げて王を見据えた。

父は憮然《ぶぜん》とした顔で剣を引き、鞘《さや》に納めて、リュシアンに差しだした。

「……リュシアン・ド・ヴェルメイユ、この誓いをもって汝《なんじ》を騎士に叙する」

「慎んで、お受けいたします」

彼が恭しく頭を下げ、剣を受けとった瞬間、割れんばかりの歓声が上がる。

エレナも両手が痛くなるほど手のひらを打ちあわせて、拍手を送った。

リュシアンが剣を腰に佩《は》き、立ち上がる。

その横顔を見つめるエレナの頬は興奮で赤くなっていた。

——なんて、素敵な方なのかしら！

顔立ちの美しさだけではない。

日々、父の機嫌を窺って怯える少女の目には、堂々とした彼の態度が、まるで絵物語に出てくる『ドラゴンに立ち向かう騎士様』のように雄々しく、神々しく映ったのだ。

父に見つかる前にと礼拝堂を後にしながら、エレナは思った。

——ああ、あのような方と恋をしてみたいわ……。

囚われの姫君を魔物から救うように、私を攫って逃げてくれたらいいのに——と。

その日から、エレナの中でリュシアンは憧れの人となった。


彼と再会したのは、それから四年後。

当時、リュシアンは、王太子フレデリク付きの近衛騎士として仕えていた。

その年は紫炎病《しえんびょう》という病が猛威《もうい》を振るった年だった。

紫炎病はクレサント王国で最も恐れられている流行病だ。

寒気から始まり、次第に燃えるように身体が熱くなって高熱が続き、やがて全身の皮膚に黒ずんだ紫の斑点《はんてん》が痛みを伴って現れる。

特効薬はなく、患者本人の生命力が病に打ち勝てるかどうかが頼りとなるため、老人や子供などが犠牲となることが多い。

冬に始まった感染の流行は春になっても収まらず、流行が長引くにつれて犠牲者が増え、流通が滞り、王都の治安も悪化して、高まる民の不安と不満は爆発寸前となっていった。

春が深まるころ。革命の気配を感じた父は仕方なく、母専用としていた聖女の力を民に分け与えることを決めた。

そして、「国の危機に際し、王女が聖女の力に目覚めた」として、エレナの住まう離宮に患者を集めて、治療に当たらせたのだ。

それから、しばらくは目の回るような忙しさだった。

離宮の門がひらかれるやいなや、救いを求める民が次から次へと訪れ、あるいは運ばれてきて、治療を始めた翌日には、数十ある客室は療養のための宿泊場所となった。

客室の家具にかけられていた汚れよけの白布は取りはらわれ、寝台も長椅子も、絨毯の上にまで動けぬ患者が横たえられ、病床と化した。

いったい、どれほど祈ったか。

昼の間は救いを求めて大広間を訪れる患者の手を握り、日が暮れてからも客室を回って患者の傍らに跪き、その手を取る。

——どうか奇跡を。この者を痛みと苦しみからお救いください。

何十、何百回と繰り返し、救いを求める患者にきつくすがられた手が赤く腫れて痛みを覚えても、ひたすらに祈りつづけた。

祈りの合間に食事を口に押しこみ、一日が終わるころには、疲れ果てて気絶するように眠りにつく。その夢の中でも祈っていた。

永遠につづくかと思われた日々も半月を過ぎたあたりから、新たにやってくる患者が徐々に減りはじめた。恐らく、流行のピークを越えたのだろう。

どうにかまともな休憩を取れるようになり、ホッとしていたある日のこと——。


エレナがいつものように大広間で患者の手を取って祈りを捧げていると、ふと強い視線を感じて顔を上げた。

——いったい、何かしら？

きょろりと辺りを見渡すと、大広間の入り口に佇むリュシアンの姿が目に入った。

四年前と変わらず、いや、少年の面影が薄れて精悍さが加わった分、いっそう麗しくなった青年の姿に、エレナは一瞬見惚れ、直後、ハッと我に返って青褪《あおざ》めた。

離宮が病棟と化してからは、患者と看護人以外の出入りは禁じられている。

ここに来たということは彼自身が感染したか、もしくは兄が感染し、治療のためにエレナを呼びに来たかのどちらかだろう。

――ああ、なんてこと！

エレナは慌てて立ち上がり、リュシアンに駆け寄った。

「ヴェルメイユ卿、大丈夫ですか？　お加減は？」

挨拶すら忘れて勢いこんで尋ねながら、症状が現れていないかと、サッと上から下へとリュシアンの身体に視線を走らせて――手元でとまる。

山羊革の手袋に包まれた彼の手には、深い青紫色の小箱が載せられていた。

――これは……まさか……。

手のひらサイズの丸い箱は幼いころからよく知るもので、エレナは先ほどとはまた別の意味で青褪める。

「……ヴェルメイユ卿、もしや、その、お兄様に頼まれて……？」

小箱を見つめたまま恐る恐る尋ねると、少しの沈黙が流れて、それから予想通りの答えが返ってきた。

「……はい。どうしても妹が心配だから様子を見てきてほしい、とおっしゃるので、私が承りました。こちらは殿下からの贈り物です」

そう言って差しだされた小箱を受けとり、エレナは申しわけなさでいっぱいになる。

小箱の中身は菫《すみれ》の砂糖漬け。エレナの幼いころからの好物だ。

リュシアンは兄に託された差し入れを持って、様子を見にきてくれたのだ。

侯爵家の嫡男をこのような危険な場所に、わざわざ菓子を渡すためだけに遣わすなど、いったい兄は何を考えているのだろう。

「ああ、ごめんなさい！　兄のわがままに付きあわせてしまって！」

謝りながら顔を上げて、エレナはパチリと目をみはる。

なぜかリュシアンは、ジッと食い入るようにエレナを見つめていたのだ。

いったいどうしたのだろう。面映さに赤らむ頬を押さえて――直後、エレナは理由に思いあたり、慌てて顔を伏せた。

――ああ、いや……！

今さらながらこみあげる羞恥に、頬どころか耳まで熱くなる。

――私ったら、何てみっともない格好で……！

離宮が病棟になると決まったとき、感染を恐れた侍女たちはエレナの世話を嫌がった。

エレナとしても彼女たちに不要な苦しみを与えたくなかったので、流行が鎮まるまでは生家へと下がらせ、身支度は自分で済ませることにしたのだ。

とはいっても、一日の大半を祈りに費やす日々の中では、髪も化粧もろくに整える暇などない。適当にブラシを入れただけの髪はところどころ寝癖で跳ね、連日の治療で疲労の色が濃い顔は青白く、目の下には隈も浮かんでいる。

ドレスも、治療を始めたその日に患者にしがみつかれてリボンやレースが千切れて以来、装飾のないものを選んできたため、一国の王女が身に着けるに相応しいものではない。

さらには動きやすいようにと、スカートをふくらませるパニエすら着けていなかった。

——このような姿を見られたくなかったわ……！

幽閉状態のエレナがリュシアンと会う機会は皆無に等しいというのに、せっかくのまたとない機会が台無しだ。

せめて先ぶれを出してくれれば、もう少し身ぎれいにしておいたのに。

思わず涙が出そうになって、エレナは謝るふりをして深々と頭を下げた。

「本当に、迷惑をかけてごめんなさい！」

「いいえ、迷惑などとは思っておりません。どうぞ、お顔をお上げください」

やさしく声をかけられても、エレナは顔を上げることができなかった。

「……いいえ、このままで。私は大丈夫ですから、どうぞすぐにここからお離れになって。あなたまで病にかかってしまったら、私も兄もひどく悔やむことになります。ですので、どうか、今すぐに帰ってちょうだいっ」

上擦り震える声で言えば、一呼吸の間を置いて「はい」と穏やかな声が返ってきた。

「こちらこそ、治療のお邪魔をして申しわけありませんでした。どうか、くれぐれも御身を大切に、ご自愛くださいませ……失礼いたします」

労わりに満ちた声が耳をくすぐった後、俯いたエレナの視界に映る騎士服の裾が翻る。

そうして踵《きびす》を返したリュシアンは、しなやかな足取りで離れていった。

彼の足音が聞こえなくなったころ。

ようやくエレナは顔を上げ、兄からの贈り物に目を落とした。

深い青紫の丸い小箱を、そっとひらいてみれば、ふわりと甘い花の香りがたちのぼる。

たっぷりと砂糖がまぶされた菫の花びらは、新雪が降ったかのように愛らしい。

一粒摘まんで口に含むと、ふわりとほぐれた花の香りと甘みが口の中に広がった。

「……美味しい」

重たい心と身体に兄の心づかいが染みて、ポロリと一粒涙がこぼれる。

――私ったら、何て失礼な態度をとってしまったのかしら……。

思い返せば、リュシアンに謝罪はしたものの礼のひとつも言わなかった。初めて言葉を交わす機会だったというのに。

――きちんと謝って、お礼を言わなくてはいけないわ。

離宮の外の者に手紙を出すことは父に禁じられているが、兄に伝言を頼むくらいは許されるだろう。

――お兄様にも、差し入れのお礼をお伝えしたいものね……。

兄に手紙を書こう。二人への感謝を伝えて、リュシアンに今日の非礼を詫びよう。

そう心に決めて、エレナは治療に戻った。


苦労の甲斐もあって徐々に患者の数は減っていった。

最初に大々的に患者を集めたことが功を奏したのだろう。

市中での感染自体が減っているようで、ひと月を過ぎたころには、当初数百人の患者で埋まっていた客室は空になり、日に数人、多くても十数人ほどの軽症者が大広間を訪れる程度まで落ちついた。

客室の家具は再び白布で覆われ、最初から誰もいなかったかのように静まりかえった部屋を巡りながら、エレナは安堵と共に、ほんの少しだけその静けさを寂しく感じたものだ。

やがて、治療開始から、ひと月と半分が過ぎた朝。

始まったときと同様、エレナに何の断りもなく、父は民に宣言した。

「聖女の力が尽きた。治療は終わりだ」と。

そして、エレナは聖女の役目を終え、籠の鳥に戻った。

まるで、何事もなかったかのように。

父からは言葉ひとつ、手紙ひとつなかった。

元より、エレナは父に見返りなど期待していなかった――と言えば嘘になる。

「よくやった」と認めてもらいたかった。

たった一言でいい。王として、あるいは父として、労いの言葉をかけてほしかった。

けれど、彼女の願いが叶うことはなかった。

——民の役に立てただけで充分だわ。私は王族として、聖女の力を持つ者として当然のことをしたまでだもの。

そう自分に言いきかせながら、虚しさを噛みしめていたある日。

予想外の褒美がもたらされた。

当時、エレナに付いていた近衛騎士が王都の娼館で問題を起こしたとかで任を解かれ、その後継にリュシアンが任命されたのだ。

その話を聞いたとき、エレナは喜ぶよりも驚き、戸惑った。

これまで彼女に付いた近衛騎士は、皆、男としての盛りを終えた者だった。

——いったい、どうして彼が？

あれほど若く美しく、物語に出てくる騎士様のように凛々しい青年が、なぜ聖女の騎士になど選ばれたのだろう。

その疑問の答えは、リュシアンの配属を知った侍女たちが交わす噂話の中にあった。

「ひどい潔癖症なのでしょう？」

「女性に欲情しないどころか、ひどく嫌悪なさっていて、手袋なしではさわれないという話よ。あんなに美しいのにねぇ……もったいないこと」

「美しいからこそでしょう。光に虫が集まるように、ご婦人方に群がられる日々に倦《う》んでしまわれたのでは？　ああ、可哀想な不能騎士様！」

「ふふ、私、小耳に挟んだのですけれど、どうやら前任の騎士様が陛下に推挙したとか。『あいつなら大丈夫、勃《た》ちませんよ』と。ひどいことをなさいますわよねぇ」

「仕返しでしょうよ。あの娼館の件を公にしたのはリュシアン様だと言う話ですもの……」

くすくすと笑いさざめく声に耳を傾けながら、エレナは柱の陰で彼の不運を哀れんだ。

噂がどこまで本当かはわからない。

たとえ本当だとしても、他にいくらでも候補はいただろうに。

——きっと、お父様の嫌がらせだわ。

父ならば、やりかねない。父はリュシアンのことを「商人貴族」と蔑《さげす》んでいたから。

他の候補に替えてほしいと願い出るべきかと考え、父に向けて手紙を書こうとしたが、
結局、エレナはペンを置いた。

疎む娘の進言を父が聞きいれてくれるとは思えない。却《かえ》って事態が悪化するだけだろう。

——役立たずね……私は……。

無力感とリュシアンへの罪悪感、それから——否定しがたい期待を胸に、エレナは彼と

の再会を待つことになった。

そして、迎えた着任の日。

離宮に現れたリュシアンは神々しいほどに美しかった。

「――本日をもちまして、エレナ様付きの近衛騎士となりました、リュシアン・ド・ヴェルメイユと申します。私のことは、どうぞ、リュシアンとお呼びください」

恭しくエレナに頭《こうべ》を垂れてから、スッと顔を上げた彼の目はやわらかく細められ、形の良い唇には優雅な笑みが浮かんでいた。

不名誉な役目を押しつけられたにもかかわらず、まるで心から望んでここに来たと言わんばかりの表情に戸惑いつつも、エレナはドキドキと胸が高鳴るのを抑えられなかった。

――きっと私が気に病まぬよう、気を使ってくださっているのね……やさしい方。

あの差し入れの件も、兄を通して伝えた謝罪を彼は快く受け入れてくれた。

――本当に、物語に出てくる高潔な騎士様のようだわ……。

頬を染めるエレナをまっすぐに見つめながら、リュシアンは笑みを深める。

「エレナ様のように尊く美しい御方にお仕えできますことを、心より光栄に思います。この命に代えましても、必ずやエレナ様の御身をお守りいたします」

「……ありがとう、リュシアン」

ただの社交辞令だと自分に言いきかせながら、震える声で返して右手を差しだす。

その甲に彼が口付ければ、顔合わせ終了だ。

彼が背をかがめ、エレナの手を取ろうと右手を上げようとしたとき、ふと、侍女たちの噂が頭に浮かんだ。

──女性に欲情しないどころか、ひどく嫌悪なさっていて、手袋なしではさわれないという話……だったわね。

彼の手に目を向ける。手袋はしていなかった。

美しく整えられた爪はすべらかで、指も白く長い。けれど、節々はごつりと骨ばっていて、男らしさを感じさせる。

──やはり、ただの噂だったのかしら……。

自分のものよりも一回り──いや、二回りも大きな手が近付いてくるのを、エレナは、ドキドキと胸を騒がせながら、どこか陶然《とうぜん》とした心地で見つめていた。

そして、今にも二人の手がふれあいそうになったそのとき。

ピタリとリュシアンが動きをとめた。

ぜんまいが切れた人形のように固まった彼にエレナは戸惑い──ふと気付いた。

彼の手が小刻みに震えていることに。

エレナはパチリとまばたきをして、そっとリュシアンの顔を窺う。

視線を感じたのだろう。上目遣いに見上げてきた彼と目と目があった途端、リュシアンは恥じ入るように睫毛を伏せた。

白磁の美貌が青褪め、秀麗な額に無数の汗の粒が浮かんでいるのを見てとり、エレナは冷や水を浴びせられたように陶酔《とうすい》から醒《さ》めた。

――ああ、本当だったのね……！

何を浮かれていたのか。手袋を着けていなかったのは、礼儀を重んじてのことだろう。

それにも気付かず、ぼうっと見惚れていたなんて。

素手でふれられないほど女が厭《いと》わしいというのなら、肌に唇をつけるなど尚のこと辛いに違いない。

――きっと、振り払いたいのを必死に堪えていらっしゃるのだわ！

エレナは、そっと背をかがめて囁《ささや》いた。

「……ふりだけで結構ですわ。誰も見ておりませんもの」

ハッと顔を上げた彼に精一杯やさしく微笑み、頷いてみせると、途端、彼の顔に安堵の色が広がる。

それからリュシアンは、エレナの手の甲に口付ける真似をして、静かに手をおろすと
「お慈悲に感謝いたします」と小さく呟いた。

「いえ……」

そっと囁き返してから、スッと背すじを伸ばし、エレナは微笑んだ。

「これからどうぞ、よろしくお願いしますね」

「はい。身命を賭《と》して、お仕えいたします」

厳かに答える彼は、絵物語から抜けだしてきた騎士様のように凛々しく、美しい。

だが、その裏には深い苦悩を抱えているのだ。

――お気の毒に……私に、何かできることがあったらいいのだけれど……。

憧れていた青年の人間らしい弱さを知ったエレナは幻滅するどころか、なぜかいっそう彼のことが気にかかり、心惹かれるような思いを覚えたのだった。

＊　＊　＊

王宮から歩くこと半時間近く、ようやく離宮が見えてきた。

鬱蒼《うっそう》とした樹林に囲まれた白亜の館は高い鉄柵に囲まれ、鳥籠を思わせる。

その鳥籠の周りには、ぐるりと等間隔に佇む衛兵の姿があった。

離宮の内部には健康な男は入れない。

だが、その周りには多くの兵が配置され、窓には格子が打ちつけられている。

王妃の生きた治療薬である聖女を、決して逃がさないために。

月に一度の治療の帰り、離宮を外からながめるたびに、エレナは言いようのない虚しさと悲しみを覚える。

あの鳥籠から、いつか出られる日が来るのだろうかと。

けれど、その後は、こぼれそうになる溜め息を呑みこみ、自分に言い聞かせる。

嘆いてはだめ。贅沢よ――と。

冷遇されているとはいえ、エレナは困窮しているわけではない。日々の食事はきちんと与えられ、衛生状態も整えられている。

懸命に働いても明日のパンにすら困る民もいるというのに、我が身を嘆くのは贅沢だ。

――そうよ。ただ、自由がないだけですもの。私は恵まれているわ。充分、幸せよ。

いつものように胸の内で呟いて、エレナは背すじを伸ばす。

そして、門兵に微笑みかけながら門をくぐり、鳥籠の中へと舞いもどろうとして――。

「エレナ殿下、王太子殿下がお待ちでいらっしゃいます」

衛兵の言葉に、パチリと目をみはった。


「……お兄様、ごきげんよう」

リュシアンと共に私室に入ったエレナは、窓辺のテーブルで一人ポツンとティーカップを傾けている客人をみとめ、ふわりと頬をほころばせた。

「……やぁ、エレナ。邪魔しているよ」

気弱そうな笑みで答えたのは、エレナの四歳年上の兄――クレサント王国王太子である
フレデリク・ド・クレサント。

さらりと流れる亜麻色の髪に深い青の瞳が美しい青年ではあるが、線が細く、エレナを
見つめるまなざしも羊のようにおっとりしている。

「邪魔だなんて……お会いできて嬉しいですわ」

ニコリと言葉を返せば、兄は「ありがとう」と目を細め、それからスッと眉を下げた。

「……王妃殿下の様子はどうだった？」

問う声には後ろめたさや哀れみ、複雑な感情が揺れている。

「……相変わらずでしたわ」

「……そうか。最後にお会いしたのは、もう何年前になるかな……早く、お元気になって
くださるとよいのだが……」

父は、兄が母と会うことを固く禁じている。

兄の顔を見ると母が気分を害するから――という身勝手な理由で。

家系図の上ではフレデリクは父と母の最初の子供となっているが、実際は違う。

二人の間に生まれた子供はエレナだけ。エレナとフレデリクは腹違いの兄妹なのだ。

二十三年前。王家の血すじから遠く、身体の弱い母との結婚に廷臣たちは反対したが、

父は「必要ならば適当な女と子を作る。妻の座は彼女以外に座らせない」と言いはって、母を王妃の座に据えた。

そして、婚礼から一年後、フレデリク——兄が生まれた。

兄の母親が誰か、エレナは顔も名前も知らない。今生きているのかどうかさえも。

君だけを愛していると誓った夫が、結婚早々、他の女に産ませた子供を自分の子として受けいれなくてはならなかった母は、どれほど苦しかったことだろう。

そうなった原因が、自分の身体の弱さにあるとなってはなおさらだ。

「……それよりも、お兄様。お父様から伺いました。サンクタムの使者とお会いになったとか……その、大丈夫でしたか？」

エレナが話題を変えようと尋ねた途端、フレデリクはパチリと子供のようにまばたきをして、じわりと青い瞳を潤ませた。

エレナはハッと目をみひらく。

「もしや、引き受けてしまわれたのですか？」

「ああ。だって、これでもしもサンクタム王が死んだら、戦争になるかもしれないだろう？　近いうちにサンクタム王の訪問がある。悪いが、治してもらえるかい？」

「お父様が反対なさっていたのに……」

「うん。ごめんよ。勝手に引き受けて」

申しわけなさそうに頭を下げる兄に、エレナは大きくかぶりを振って答えた。

「そのようなこと、かまいませんわ！」

「そうか、ありがとう。それでね、君にもうひとつ伝えなくてはならないことが――」

「それよりもお兄様」

何かを言いかけるのを遮って、エレナは兄の前に膝をついた。

「……お怪我を見せてください」

静かに促すと、兄は、ふいと顔をそらして俯いた。

「お兄様」

急かすように声を強めると、兄は観念したように上着とベストのボタンを外し、シャツをまくり上げた。目にした光景に、エレナは小さく息を呑む。

細身ながら引き締まった腹には、幾つもの青痣が花のように散っていた。

真新しいそれらは明らかに誰かに殴られて、あるいは蹴りつけられてできたものだ。

聖なる血を引く王族を傷付けることは大逆罪だが、この痣を作った犯人を罰することはできないとエレナはわかっていた。

「……ひどいわ、お父様……こんな」

サンクタムの使者を追いはらえなかったことに腹を立て、兄を罰したのだろう。

「仕方がないよ。父上の言いつけを守れず、上手く断れなかった私が悪いんだ……」

このような目にあっても、兄は父を責める言葉を口にしない。

幼いころから受けている理不尽な暴力のせいで、逆らう気力を折られてしまっているのだろう。

口元に笑みを浮かべながらも、兄のまなざしは無力感に沈んでいる。

「なにしろ、話すので精一杯だったから」

はあ、と溜め息をこぼして、フレデリクはエレナの背後に佇むリュシアンに目を向け、弱々しく笑いかけた。

「ああ、リュシアン。君が傍にいてくれたらなぁ……君は私と違ってサンクタム語が上手だから、もし通訳になってくれていたら、上手く断れたかもしれないね」

「いいえ」

リュシアンは首を横に振った。

「私がお傍にいたとしても、治療を引き受けるよう進言いたしました」

「……本当に？」

「はい。殿下は為政者《いせいしゃ》として正しい選択をなさいました」

きっぱりとリュシアンに告げられた兄は、気恥ずかしそうに頬をかき、目元をゆるめた。

「そうか……君に言われると嬉しいな。ねえ、エレナもそう思ってくれるかい？」

「ええ、お兄様はご立派ですわ」

エレナは兄の手を取り、じわりと瞳を潤ませる。

「……ごめんなさい。私がお父様に『サンクタム王の治療を引き受けたい』ともっと強くお願いしていれば、お兄様がこのような目に遭わずにすんだかもしれません」

「いや。だめだよ、エレナ。それでは君が殴られる。そうなるくらいなら、私が殴られたほうがずっといい」

「お兄様……」

兄妹で手をとりあい、労わるように見つめあったそのとき。

「まったくもって殿下のおっしゃるとおりです。殿下のご献身には心から感謝いたします。エレナ様は、ご自分のお怪我を治すことはできませんので」

美しい場面を台無しにするリュシアンの発言に、兄は「ひどいなぁ」と眉を下げた。

「私が殴られるのはいいのかい？」

遠回しであれ「殴られたのが、あなたでよかった」と世にも美しい笑顔で言い放たれて、しょんぼりと肩を落とす兄に、リュシアンは涼しげな顔で頷いた。

「はい。まあ、よくはございませんが。今、私がお仕えしているのはエレナ様ですので」

何とも無礼な言い様だが、エレナはリュシアンを咎《とが》めはしなかった。

かつての自分の騎士を見上げる兄は、どこか楽しげで、満足そうに微笑んでいたから。

二人の間には、エレナにはわからない——リュシアンが近衛騎士として兄に仕えた二年の間に培った信頼関係――絆とも呼べる何かがあるのだろう。

「……そうだね。主君を守るのが騎士の役目だ。君は正しい」

うん、と頷いて、兄は笑みを深めた。

「私に仕えていたときも、よく父上から守ってくれたね。本当に、君がいてくれたころは心強かったよ……」

しみじみと呟く声に、エレナは胸が痛んだ。

リュシアンが兄の近衛を務めた二年間、エレナが兄の治療をしたことは二度しかない。それはいずれもリュシアンが月に一度の休日に王宮を留守にしている間のことだった。

エレナを守るように、リュシアンは兄を父から守ってくれていたのだろう。

その庇護を失った兄は、こうして再び辛い思いをすることになってしまった。

兄の手を握りながらエレナが顔を曇らせると、兄は妹の心中を察したのか、ハッとしたように笑みを作った。

「――っ、あ、でも、そんな頼りになる男がエレナの傍にいてくれることを、私は本当に嬉しく思っているよ！」

そう言ってから、「聖女の騎士」の意味を思いだしたのだろう。

兄は、あわわと泣きそうな顔になりながら、慌ててリュシアンに声をかけた。

「君が不能で嬉しいという意味ではないよ！　決して！」

「ええ、そうでしょうとも。ご心配なく、殿下が妹君思いのおやさしい兄君だということは、よく存じておりますから」

「……そうか。よかった」

ホッと兄が頬をゆるめたところで、エレナも気を取りなおして治療に取りかかった。

目をつむり、心の中で祈りを唱える。

どうか奇跡を。この者を痛みと苦しみからお救いください――と。

すると、手のひらから生まれた光が兄を包み、徐々に眩さを増していく。

「……しかし、リュシアン。君がエレナの傍にいてくれるのは嬉しいが……いつまでも、というわけにはいかないだろうな」

寂しさを含んだ兄の言葉に、エレナは閉じた目蓋の裏でリュシアンに瞳を向ける。

祈りの最中に気を散らすのはよくないと思いながらも、耳を傾けずにいられなかった。

「殿下。失礼ながら、それは、どのような意味でおっしゃっているのでしょうか？」

「え？　ああ、その……君も、いつかは跡継ぎについて考えなくてはいけないだろう？」

静かに問われ、兄はタジタジとしながら言葉を返す。

家を継ぐために妻《めと》を娶り、子をなすのは貴族の嫡男の義務だ。

だが、離宮にいる限り、それは叶わない。

「はい。ですが、私にその務めが果たせるとはとても思えませんので。エレナ様の騎士を自ら辞する日がくることはないかと思います」

さらりとリュシアンが答えると、兄は「う」と呻いて、黙りこんだ。

「そ、そうか……。君がこれからもエレナの傍にいてくれるのなら、兄としては心強い……と言ってしまっていいのかな……？」

もごもごと呟く声は気まずさに満ちていて、聞いているエレナまでドキドキしてくる。

やがて兄は、うん、と咳払いをひとつすると、やさしい声でリュシアンに告げた。

「でも、リュシアン。やはり私は、君の悩みがいつかは消えることを祈るよ。誰かと愛しあうのは、きっととても幸せなことだろうからね」

兄の言葉にエレナは半分同意しながらも、もう半分は切なさを覚える。リュシアンの幸せを願いながらも、いつまでも傍にいてほしいという願いも捨てきれないのだ。

「……ご心配痛み入ります、殿下」

「そういえば、リュシアン。君は恋をしたことがあるのかい？」

兄の問いにエレナは思わず顔を上げかけて――。

「はい。十二の時分に一度だけ。実りませんでしたが」

あっさりと答えたリュシアンに、兄と共に――エレナは心の中でだったが――

「えっ!?」と驚きの声を上げげた。

「本当かい？　君を拒む女性がいるとは驚きだ。その稀有《けう》な女性は今どこに？」

「……もう、この世には存在いたしません。所詮、叶わぬ恋でした」

一呼吸の間を置いてリュシアンが口にした答えは、さらりとした口調とは裏腹に重たいもので、エレナは度重なる驚きに思わず目をあけてしまい、祈りが途切れた。

途端、手の内の光が弱まり消えかけて、慌てて目をつむりなおす。

「そうか……その、辛いことを思いださせてすまない」

気まずそうに謝る兄の声を聞きながらあらためて祈りを捧げつつ、頭の片隅にはリュシアンの言葉がグルグルと回っていた。

――もうこの世には存在しないだなんて……。

相手はどのような人だったのだろう。叶わぬ恋というからには相手には夫や恋人がいたのだろうか。

誰かと寄りそい腕を組む、美しい女性の背中を切なげに見つめる少年の日の彼の姿が、エレナの頭に浮かぶ。

美しく、もの悲しい光景に胸が苦しくなった。

きっとリュシアンの淡い想いはその人に届くことなく、失われてしまったのだろう。

――何と気の毒なことかしら……。

そう感じると同時に、その想い人と彼が結ばれることは永遠にないのだと思えば、心のどこかで安堵を覚えてしまう自分がいた。

――ああ、私ったら！　何と浅ましいのでしょう！

またしても祈りが途切れてしまい、手の内の光が消える。

早く兄を苦痛から解放してあげなくてはいけないというのに。

――余計なことを考えている暇はないわ！

自分を叱咤《しった》し、祈りに没頭するべく、ギュッと目をつむる。

「……ねえ、エレナ、大丈夫かい？」

案じるような兄の声が降ってきて、え、とエレナは首を傾げた。

「……私ですか？」

「うん。先ほどから光が点いたり消えたりしているけれど、体調が良くないのなら無理に治してくれなくても――」

「っ、いいえ！　大丈夫ですわ！　今すぐ治しますから！」

エレナは情けなさに泣きそうになりながらも慌てて兄の手を握りなおすと、三度目の正直とばかりに祈りを捧げ、聖女の奇跡をもたらした。

「……ありがとう、エレナ。とても楽になったよ。おかげで無事、執務に戻れそうだ」

光が消えた後、着衣の乱れを直して立ち上がった兄は、おっとりと微笑んだ。

「お役に立てれば幸いですわ。……そう言えば、お兄様」

　エレナも微笑みを返し、それから、気になっていたことを口にした。

「先ほど、もうひとつ、伝えなくてはならないことがあるとおっしゃいましたよね？」

　尋ねた途端に兄の顔が曇るのを見て、エレナは眉をひそめる。

　きっと良くない報せなのだろう。けれど、聞かなくてはならない。

「……教えてください、お兄様」

　声をひそめて促せば、兄は長い睫毛を伏せ、そっとエレナの耳に唇を寄せた。

「……父上が、おっしゃっていたんだ。エレナも十八になったのだから、そろそろ次代の聖女のことを考えてもいいだろうと」

「……え？」

　エレナは一瞬首を傾げた後、兄の言葉の意味を理解して小さく息を呑んだ。

　つまり、父は近いうちに、エレナに子供を――次代の聖女を産ませると決めたのだ。

　重苦しい沈黙の後、エレナはぎこちない笑みを浮かべて「わかりました」と頷いた。

「それが私の、聖女の力を持って生まれた者の務めなのでしょうから」

「……そうか」

　兄は手を伸ばし、エレナの手をそっと握って放した。

　励ましと呼ぶには弱々しい仕草だ。けれど、兄の精一杯の労わりの思いが伝わってきて、エレナはじんわりと目の奥が熱くなった。

兄もエレナも幼いころから父の理不尽には慣れている——慣れるほか、なかった。

「……せめて、君の心に添う相手が夫に選ばれることを祈っているよ」

悲しげに願いを口にすると、兄は暇を告げて部屋を出ていった。

その背が見えなくなるまで見送ってから、そっと振り向けば、少し離れたところで佇むリュシアンと目があった。

ふわりとやさしく微笑みかけられて、ずきりと胸が痛む。

いつもならば嬉しく思うが、今は違う。彼の目を見るのが辛かった。

エレナはそっと目を伏せ、父から与えられるであろう望まぬ未来に思いをはせて、ひそやかな溜め息をひとつこぼしたのだった。

第二章　まずは毛布から

兄の訪問から十日ほど経った四月の末、初夏の陽気を感じる昼下がり。

さんさんと陽ざしが差しこむ部屋で、髪を結いあげたエレナは鏡台の前に腰をおろし、背後に立つリュシアンを鏡ごしに見つめていた。

先日彼がヴェルメイユ家の職人に頼んだ宝飾品が仕上がったので、試しにつけてもらうことになったのだ。

本来であれば侍女の役目であり、婚約者でもない男性に任せる仕事ではないのだが……。

リュシアンがエレナの騎士となって一ケ月が過ぎたころ、「栄えある務めを承った記念に」と彼が差しだしてきた初めての贈り物は、黄金の枝葉に無数のダイヤモンドが雪の結晶のように散らされた、王女であるエレナですら気安くふれるのを躊躇《ためら》うような品だった。

「繊細な品ですので、取り扱いにはご注意を」と言われた侍女が、恐る恐る値を尋ねると、リュシアンはそっと彼女に耳打ちをした。

恐らく、想像以上の金額だったのだろう。

サッと青褪めた侍女は宝飾品を収めたケースをリュシアンに押しつけて「扱いに慣れた方のほうが……」と逃げていってしまった。

以来、ヴェルメイユ家謹製の宝飾品を扱うのは彼の役目になっている。

――今回もまた、壊れそうに繊細な品ですこと……。

手袋で守られた彼の手には、青りんご色の宝石が輝くネックレスが下がっている。

色の鮮やかさ、透明度の高さからして、かなり上等な翡翠だろう。

りんごに見立ててあるのか、バチカン部分は果梗《かこう》と葉の形をしていた。小さいながらに、目を凝らせば葉脈のひとつひとつが見えるほど瀟洒な細工が施されている。

この短い期間で、よくぞこれほどの品を仕上げたものだ。

「見事な細工ですわね……色も美しいわ」

「そうでしょう？　エレナ様の髪の色に合わせて、細工が成り立つ限界まで金の含有率を上げているのですよ」

翡翠のことを指したのだが、リュシアンは違う意味にとったようだった。

誇らしげに言われて、エレナはネックレスの地金に目を向けた。

蜂蜜のように艶やかで深い金色は、確かにエレナの髪色とよく似ている。

「本当は、エレナ様には純金が一番相応しいのですが……純金ですと、こういった細かな細工は歪《ゆが》みやすいものですから……。ただ飾っておくだけの品であれば問題なくとも、身に着けるものとなりますと、どうしても、混ぜ物が必要になってしまうのです」

「そうなのですか……」

眉を寄せ、残念そうに呟く彼の表情から、金細工への並々ならぬ拘りと愛情が伝わってきて、エレナは思わず頰をゆるめた。

きっと彼は周囲にどう言われようとも、自らの家業に誇りを持っているのだろう。

視線を上げて鏡ごしに目があうと、リュシアンは気恥ずかしそうに微笑んだ。

「くだらぬ愚痴をお聞かせして申しわけございません……お着けしてもよろしいですか？」

「ええ、どうぞ。お願いします」

気にしていないというようにエレナが微笑みを返すと、かつりと金具が外れる音がして、彼の気配が近付いた。

金鎖と揺れる翡翠が目の前を通りすぎ、胸元に落ちて、鎖骨の間まで引き上げられる。

剝きだしの肌に華奢な鎖がこすれ、冷たさと少しのくすぐったさに目を細める。

やがて彼の指がうなじをかすめ、かちりと金具をとめて、離れていった。

次いで、リュシアンはイヤリングを手に取った。

ネックレスよりも一回り小さな翡翠をあしらったそれを、エレナの右の耳たぶにひとつ、左にひとつとぶら下げる。

「……お手をどうぞ」

促されて、エレナが左手を持ちあげると「失礼いたします」と背後から抱きしめるように腕を伸ばした彼に手をとられ、青りんご色の石が輝く金の指輪が薬指へと嵌められた。

ネックレスとイヤリング、それから指輪。

リュシアンからの贈り物は、大抵その三点がセットになっている。

指輪の寸法を聞かれたことはないが、最初からピッタリと嵌まった。

――優秀な職人は、見ただけで寸法がわかるというけれど……。

彼は職人ではないが、宝飾品を扱う家柄ゆえに優秀な目を持っているのだろう。

指輪はいつも、決まって左手の薬指に合わせて作られている。

そこに意味があるのかないのか。この三年間、エレナは自意識過剰だと呆れられることが怖くて尋ねることができずにいた。

「……気に入っていただけましたか？」

指輪を見つめていると、不意に囁きが耳をくすぐり、ドキリとエレナは息を呑む。

「っ、え、ええ。ですが……これほど小さく繊細だと、壊しそうで怖いわ」

エレナは、しゃらりと揺れるイヤリングに指先でふれて、ポツリとこぼした。

うっかり何かにひっかけでもしたら、一瞬で壊れてしまいそうだ。

「せっかくいただいたけれど、正直、着けるのがもったいないくらい……」

エレナが眉を下げると、リュシアンはスッと目を細めて「ご安心を」と微笑んだ。

「壊れたとしても、予備の品を用意してございますので」

「予備の品を？」

パチリと目をみはるエレナに、リュシアンは「はい」と誇らしげに頷いた。

「エレナ様にお送りした品は全て、同じ仕様の予備を用意してございます。小一時間ほどいただければ、すぐに持ってまいりますので、どうぞ安心してお使いください」

「え、ええ……どうもありがとう」

いったいどこに保管しているのだろう。小一時間ということは、離宮内でないことは確かだとは思うが……。

初めて耳にする事実に、エレナが内心で首を傾げていると、不意に青りんご色が視界を横ぎった。ラポメ夫人に注文したドレスの布地だ。

「……ああ、よくお似合いです」

リュシアンは手にした端切れをエレナの身体に当て、満足そうに微笑んだ。

「実にお美しい。ドレスの仕上がりが楽しみですね」

「ええ、ありがとう」

「次のドレスを仕立てられるときには、また是非、私にエレナ様を飾らせてください」

「……考えておきますわ」

気の早いことを口にするリュシアンに、鏡ごしに微笑んで返しながら――ふとエレナの胸に憂いがよぎる。

――いったい、いつまでこうしていられるのかしら……。

恋しい人からの贈り物を、その人の手でつけてもらう。

この幸福な時間を、あと何度、味わうことができるだろうか。

リュシアンは「エレナ様の騎士を自ら辞することはない」と言ってくれたが、エレナが嫁いでしまえば彼との縁もそれまでだ。きっと、滅多に会うことも叶わなくなるだろう。

「……どうなさいました、エレナ様。……昨日の治療で、お疲れになりましたか？」

目を伏せたエレナに、布地を腕にかけたリュシアンが案ずるように声をかけてくる。

「え？　あ、いいえ、それは大丈夫です」

昨日、兄に頼まれていたサンクタム王の治療を行い、少しだが王と言葉も交わした。

――リュシアンのおかげで、思ったよりも上手くいったわね……。

エレナも王家の子女としてサンクタム語を習いはしたものの、離宮に幽閉されてからは使う機会もなく、上手く話せるか不安だった。

王の言葉が聞きとれず、エレナが口ごもるたび、傍らで控えるリュシアンが耳打ちしてくれたため、どうにか滞りなく治療が終わり、本当にホッとしたものだ。

今ごろは、サンクタム王と父の間で治療の対価について交渉が行われていることだろう。

――お父様、あまり無茶をおっしゃらないでくださるとよいのだけれど……。

小さく溜め息をこぼして、エレナは鏡台に視線を戻した。

――でも、交渉が上手くいけば、お父様のご機嫌もよくなるかもしれないわ。

そうすれば、エレナの結婚も先送りになる――ことはないだろう。

またひとつ溜め息をこぼし、エレナは、そっと目を伏せた。

いつかは父が選ぶ相手と番《つが》わされるだろうと覚悟はしていた。

だがそれは、もっと先のことだと思っていたのだ。

子供を産めば、聖女の力は徐々に失われる。

生まれた子が女ならば、言葉を話せる年になれば聖女の力を使えるようになるだろうが、男であれば、聖女の力はその妹か娘の代まで持ちこしになる。

母の治療が途切れぬよう、父はエレナが子をなせる限界の年まで常備薬として使い潰すのではないかと考えていたのだ。

――いったい、どなたが選ばれるのかしら。

クレサント王家は代々、尊き血を濁らせまいと近親婚を繰り返してきた。

そのせいか代を重ねるごとに子供が生まれにくくなり、生まれたとしても、聖女の力に目覚めた子は長く生きるが、他の子は大人になる前に儚くなる者も多かったと聞いている。

エレナの祖父の代では、子をなせる王族は片手で足りるほどしかおらず、祖父は当時の聖女であった従妹を娶ったが、長く子を授かることができず、ずいぶんと悩んだらしい。

二人の間に、たった一人の子として父が生まれたのは結婚後十数年も経ってからで、父の代では、さらに王族の数は減っていた。

伝統に則って王家の血を引く妻を娶るならば、祖母の妹――父にとっては叔母にあたる、ブランディーヌという女性を選ぶよりほかない状態だったそうだ。

けれど、十余り年の離れた叔母を父は嫌っていたらしく、周囲の説得を断固として拒み、拒んでいる間にブランディーヌは流行病で天に召されてしまった。

彼女の葬儀の席で、父は薄情にも「これで自由に妻を選べる！」と喜んでいたらしい。

それでも廷臣たちの多くは、少しでも王家に近い血すじから妻を娶ることを勧めていたそうだが、その矢先に父は母と出会い、恋に落ちた。

母の家は歴史も浅く、祖先が異国からクレサント王国に移り住んで領主となったこともあり、王家との血の繋がりは皆無と言っていい。

そのため、廷臣はこぞって二人の結婚に反対したそうだが、父は「王族でないのなら、どの貴族でも一緒だ」と言いはって、母を妃に迎えた。

そして、さらに代を重ねた現在。

王家の血すじを継いでいるといえるのは、もはや、父と兄とエレナの三人きりとなってしまった。

嫁げる近親者がいない以上、父の理屈に合わせて考えるならば、国内の貴族のいずれかからエレナの嫁ぎ先が選ばれるはずだ。

——王族でないのなら、どの貴族でも一緒なのですものね……。

エレナは鏡ごしにリュシアンの顔をチラリと窺い、それから、スッと視線を下げて彼の両手を守る手袋に目を向けた。

——無理なのはわかっているわ。

心の中で呟き、そっと睫毛を伏せる。

共に過ごした三年間で、彼が抱えている悩みの辛さは、少しだが理解しているつもりだ。

エレナに子供を産む義務がある以上、リュシアンが国内の有力貴族の一人であっても、彼との結婚は望めないことも。

ひそやかに溜め息をこぼしながら、深く俯いたとき、薬指に光る指輪が目に入って——

ふと、エレナの頭に疑問が浮かんだ。

どれほど誇りに思っていても、継ぐ人間がいなければ家業はつづけられない。

——どうなさるつもりなのかしら……。

彼には弟妹もなく、跡を継げる親類もいないと聞いている。

「……ねえ、リュシアン」

「はい、エレナ様」

「あの、立ち入ったことを聞くようですが、その……将来的にお家や事業は、どなたかに譲られる予定なのですか？」

　くるりと振り向き、おずおずと問えば、リュシアンは苦い笑みを浮かべて眉を下げた。

「……決まっておりません。父は……どうにか私と、私の子に継いでほしいと願っているようですが……」

　とはいえ、女性にふれられない状態では難しいのではないだろうか。

　口に出して問わずとも、エレナの視線で察したのだろう。

　リュシアンは答えに躊躇うように瞳を揺らした後、長い睫毛を伏せ、手袋を嵌めた手の甲を撫でて呟いた。

「……先日、殿下には見栄をはってしまいましたが……治せるものならば、いつかはこれを治したいと、本当は思っておりますよ」

「えっ、そうなのですか？」

　寂しげに打ちあけられた言葉に、エレナは息を呑んだ。

「はい。私も普通の男のように、いつかは愛しい人にふれてみたいと……」

　祈るような呟きと共に、リュシアンの視線がエレナの手に向けられる。

まだ見ぬ誰かを思い浮かべているのか、切れ長の瞳には切なげな色が揺れていた。

「そう、なのですか……」

エレナは驚きと憐れみ、そして、沸々と湧きあがる希望に鼓動が速まるのを感じた。

治療の無理強いはできないからと諦めていた。

けれど、リュシアンが潔癖症を治したいと思っているのなら、治療が成功しさえすれば、彼に嫁げる可能性も出てくる。

彼がエレナを望んでくれるかはわからないが……それでも、決してゼロではないはずだ。

まるで暗闇に光が差したような心地がした。

「本当は、いつかは治したいと、思ってらっしゃるのですね？」

エレナは、ふくれあがる希望に飛びつくように問いかけた。

「あっ、あの。また、立ち入ったことを聞くようで申しわけないのですが……」

「いいえ。お聞きになりたいことがあるのなら、どうぞ何なりと」

エレナの手を見つめたまま、リュシアンは淡く微笑んだ。

「ありがとう。そのっ、どうして、ふれられないのですか？」

何故女性にさわれないのか。その理由について、今までも尋ねようとしたことはある。

だが、心に起因する不調は聖女の力では治せない。

尋ねたところで救えないのであれば、徒《いたずら》に彼を傷付けるだけだと思い、聞けずにいた。

それでも、理由を確かめない限り、リュシアンとの関係を変えることはできないだろう。

そう思い尋ねてみたのだが、彼はパッと顔を上げると「それは……」と狼狽《うろた》えたように
パチパチとまたたきを繰り返してから、くっと悔しげに睫毛を伏せた。

「……エレナ様にふれられないのは、尊すぎるからです」

「え？」

予想外の答えにエレナはパチリと目をみはり、あ、と気付いて頬を押さえた。

「っ、いえ、違うのです。どうして私にふれられないのか、ではなくて……！」

それではまるで「どうして私にふれてくださらないの？」と尋ねるようなものではない
か。大胆にもほどがある。エレナは羞恥に頬を染め、ふるふるとかぶりを振った。

「私に、ではなくっ、女性全般にふれられなくなった理由をお聞きしたかったのです！」

「えっ？　……あ、申しわけございません。とんだ勘違いをいたしました」

気恥ずかしそうに目を伏せるリュシアンに、エレナもつられて目を伏せる。

「い、いえ、私の言葉が足りなかったせいですわ。どうぞ、お気になさらないで……」

「あ、はい、ありがとうございます」

もじもじと言いあった後、どちらからともなく顔を上げて、面映げに微笑みあう。

それから、リュシアンはフッと表情を引きしめると、エレナの問いに答えた。

「……私が女性にふれられなくなったのは、彼女たちの体温が気持ち悪いからです」と。

そして、苦々しい表情で、そうなった事情を語りはじめた。

リュシアンが言うには、幼いころ、雇った乳母がことごとく彼に異様なほどの愛着を抱くため、息子を案じたゴダールによって次々と解雇されたことがあったらしい。

抱きあげられ、あるいは抱きしめられたときにジッと乳母の顔を見つめると、幼い彼を抱く女の体温がじわりと上がり、抱擁《ほうよう》が強まる。

中には感極まったように「ああ、何と愛らしいのかしら！」と叫んで、ぎゅうぎゅうと潰れるほどに抱きしめてくる者や、「食べちゃいたい！」と囁きながら頬を舐めたり、耳をかじってくる者もいたという。

そのようなことが重なって、段々と女性の温もりが苦手になってしまったのだそうだ。

「苦手だからといって逃げつづけるわけにはいかない。頭では、わかっているのですがね」

そう締めくくると、リュシアンは深い溜め息をこぼした。

「……このままでは、私の代で家が絶えてしまうかもしれません」

煙るような睫毛を伏せて、悲しげに呟かれた言葉に、エレナはズキリと胸が痛んだ。

以前、リュシアンは赤子のころに母親を亡くしたと聞いたことがある。

無償の愛を与えてくれる最も身近な女性を知らぬまま、幼い彼は「女とは自分に不埒なまなざしを向けてくる存在だ」と擦りこまれてしまったのだろう。

――何と気の毒なことかしら……。

俯くリュシアンを見つめながら、エレナは思った。彼の助けになりたいと。

自分のためだけではなく、彼自身のため――この人の憂いを取りのぞいてあげたいと。

そして、気付くと口にしていた。

「では……治せるかどうか、試してみませんか？」

一瞬の間を置いて、リュシアンは困惑げに眉をひそめた。

「試す？　私のこれを治せるかどうかを、ですか？」

戸惑いの滲《にじ》む声で問われ、エレナの鼓動が速まる。

出過ぎた提案をしているとわかってはいたが、それでも、コクリと頷いた。

「そうです。治したいと思ってらっしゃるのでしょう？」

「それはそうですが……どうやって？　何か良い手立てがおありなのですか？」

問い返す彼の瞳にすがるような色を見つけて、キュッと胸が締めつけられる。

ああ、やはり、どうにかして救ってあげたい。エレナは、こみあげる衝動のまま答えた。

「私で練習してみてはどうかしら？」

「エレナ様で？」

「ええ、手袋を外してふれる練習をするのです。例えば、指先でも髪でも背中でも、どこか、どこでもさわれそうなところから――」

「いいえ、エレナ様のお身体で尊くないところなどございません……！」

すべて言いきる前に眉根を寄せて言い返され、エレナは「え」と言葉に詰まる。

けれど、すぐに彼の言う「尊い」の意味を察して、慌てて謝った。

「そうね、ごめんなさい。最初から素肌がふれあうのは辛いわよね……！」

彼の言う「尊い」は、恐らく「ふれるのが辛い」と同じ意味なのだろう。

どうにか彼に負担にならない方法は――と考えを巡らせて、パッとエレナの頭に浮かんだのは離宮の客室。埃《ほこり》よけの布がかけられた家具が並ぶ光景だった。

「そうだわ！　私が布を被ります！」

「えっ!?　布を？　エレナ様が？」

驚きに目をみはるリュシアンに、エレナは力強く頷いて返す。

「はい！　頭から被りますので、その上からふれてください！　手袋をすればふれられるのですもの、布を被った私にならば素手でもふれられるはずです！」

キュッと拳を握りしめて告げれば、リュシアンは、パッと瞳を輝かせた。

「それは……ええ、確かに！　布を被ったエレナ様になら、もしかすると！」

「もしかしますか？　ああ、よかった……っ」

エレナはホッと息をつくと手袋に守られた彼の手を取り、励ますように微笑みかけた。

「では、そうしましょう。まずは女性としてではなく、布をかけた家具か人形だと思ってさわれば、少しは取りつきやすいはずです」

造形や感触に慣れたら、布をかけた女性として認識していけばいい。

「そこから、少しずつ慣れていけば、きっと大丈夫です！」

あとはどうすればいいだろうか。女性の体温が苦手だというのならば、最初から温もりが伝わるような薄い布はよくないだろう。

「まずは……そうだわ！　毛布から始めましょう！」

分厚い毛布ごしならば多少温もりが伝わっても、毛布の温かさだと思えるはずだ。

エレナの宣言にリュシアンは、じわりと瞳を潤ませて頷いた。

「はい。それならば、できるかもしれません」

そう呟く声と、エレナを見つめるアメジストの瞳には、微かな怖れと確かな期待の色が滲んでいて、エレナはグッと胸が熱くなった。

「っ、ではっ！　やってみましょう！　不束《ふつつか》な練習台ですが精一杯努めますので、一緒に頑張りましょうね！」

キュッと彼の手を握り、励ますように笑いかければ「はい！」と頷きが返ってきて――。

「必ずや、あなたにふれられるようになってみせます！」

力強い宣誓が二人きりの部屋に響いた。

＊＊＊

その後、善は急げと言うことで、早速エレナは冬用の毛布を侍女に用意させて、治療に取りかかることにした。

「……では、始めましょうか」

「はい。お願いいたします」

リュシアンと向かいあって立ち、畳まれた淡い薔薇《ばら》色の毛布を広げて、バサリと被る。

途端、視界が薔薇色に翳《かげ》り、四方に垂れた毛布の重さが中心にいるエレナの頭へとのしかかってきて、エレナは思わずよろめきそうになった。

——お、重い。

かけて眠るには、この広々とした大きさと重量感が温かく心地好いのだが、被るとなると首への負担がなかなかのものだ。

これでは長い時間立っているのは厳しいかもしれない。

そのようなことを考えていると、閉ざされた視界の向こうでリュシアンが身じろぐ気配がした。

「では……失礼して、ふれさせていただきます」

「っ、は、はいっ！」

エレナは慌てて足に力をこめて、ピッと背すじを伸ばし、腹の前で両手を軽く重ねた。

「どうぞ！　どこからでも、お好きにおさわりになって！」

答えて口を閉じると、途端に緊張が高まってくる。

耳の奥でドキドキと鼓動が早鐘を打ち、じんわりと頬が熱を帯びる。

――ど、どこから来るのかしら……。

明暗は辛うじてわかるものの、彼がどのような表情や動きをしているのかはわからない。

不安と期待と緊張で身を強ばらせていると、不意に左肩に衝撃が走った。

いや、実際にはそうっとさわられただけだったのだが、エレナにとっては大層な衝撃に感じられたのだ。

「ひゃっ」

「――っ」

サッと彼が手を引くのに、エレナは慌てて声をかけた。

「あっ、ごめんなさい、つい驚いてしまって……その、慣れるまでは、どこにふれるか、あらかじめ教えていただきたいのですが……」

「……かしこまりました。気が利かず申しわけございません」

もごもごと伝えれば、リュシアンの気恥ずかしそうな声が返ってくる。

「いえ。……では、どうぞ」

「はい。……では、左肩からふれさせていただきます」

宣言の後、そっとエレナの肩に重みがかかった。

ゆっくりと重みが移動し、分厚い毛布ごしに彼の指の凹凸《おうとつ》が伝わってくる。

やがて、肩を撫でおえた手が二の腕におりて、そっと指が肌に食いこむ。

「……やわらかい腕ですね」

「……運動らしい運動をしていないものですから……軟弱な腕でお恥ずかしいわ」

「いいえ。愛らしい感触です」

ポツリと呟かれた言葉は妙に感慨深げで、エレナはむず痒《がゆ》いような心地になった。

「そ、そうですか。ええと、気に入っていただけたのなら、何よりですわ……」

「ええ、とても気に入りました」

「――っ」

ほんのりと甘さを含んだ囁きが耳に届いて、毛布の内側の温度がぶわりと上がる。

にわかに汗が滲みだすのを感じながら、エレナは心の中で呻きをこぼした。

――うう、まだ肩と腕にふれられただけなのに！

今からこれではこの先どうなることやら。

彼の治療が終わる前に自分の心臓が破裂してしまうのではないかと、半ば本気で案じているると再びリュシアンの手が動きだした。

エレナの二の腕を辿って毛布ごしに手首をつかみ、手のひら、指、と形を確かめていく。

やさしく握りこまれるたび、ふさりふわりと毛布に包まれるのはくすぐったく、温かく、そして、何ともいえないもどかしさを覚える。

「……エレナ様、お顔にふれてもよろしいですか？」

左、右とじっくりと時間をかけてエレナの手を検めた後、リュシアンはそう願った。

「どうぞ」と答えると、スッと彼の手が遠ざかる。

それから、一呼吸の間を置いて、毛布がエレナの両頬に押しつけられた。

「……っ」

正面から、両の手で包みこむようにふれられているのだろう。

その体勢を思い浮かべて、じわりと頬の熱が増す。

――大きな手……これほど大きかったのね。

こうしてふれられると自分の手との違いにドキドキしてしまう。

いったい彼はどのような顔でエレナを見つめているのだろう。

いくら目を凝らしても、毛布の向こうは見えない。

パチリパチリとまばたきをした拍子に毛布の繊維が目に入りかけ、慌ててキュッと目をつむると不意に彼の手が強ばるのを感じた。

「……エレナ様、痛みはございませんか？」

「痛み？」

緊張を帯びた声で問われ、エレナは戸惑う。

子猫の踏みつけのほうがまだ強いような力に、痛みなど覚えるはずもない。

「いいえ、まったく。大丈夫ですわ。……どうぞ、おつづけください」

「……それはよかった」

ホッと息を吐く気配に、エレナは胸がぽわりと温かくなった。

――やさしい人……。

リュシアンは、まるで壊れ物を扱うような手つきで、エレナを検めていく。

ゆったりと輪郭を確認するように両手で頬を撫でてから、そっと指をすべらせ、閉じた目蓋をくすぐる。

それから、再び頬をなぞりおりると、今度は横にずれて耳にふれる。縁の形を確かめ、裏側を指先で辿ってから、そっと耳たぶを摘まんでみた後、首すじへと下りていく。

ふわりと毛布がこすれるむず痒いような感覚に、ん、とエレナが声をこぼすと、ピタリと彼の手がとまり、離れた。

衣擦れがやみ、二人の息づかいだけが響く。どちらの息も上がっていた。

毛布ごしにリュシアンの視線を感じて、エレナは、そっと吐息をこぼす。いったい彼はどのような表情でエレナを見つめているのだろうか。

——ああ、熱いし、暑いわ。

ドキドキとほてる頬は熱く、ずしりと身体を包む布の内側は真夏の温室のごとき暑さだ。

噴き出た汗が背を伝い、額からも滲み出て睫毛を濡らし、目に入りそうになる。

汗を拭おうと手を上げかけたそのとき、ふらりと目眩が起きた。

「あっ」

前へとよろけたエレナの身体が、ドンと何かにぶつかる。

樫《かし》の木を思わせる硬さで、けれど、ほどよい弾力のある壁のような物体だった。

その何かに手をつき、傾いだ身体を支えるようにしがみつこうとして——。

「っ、エレナ様！　いけません！　そこまでは、まだ心の準備がっ！」

焦りの滲むリュシアンの声に、エレナはハッと我に返った。

「あっ、ああ、あのっ、ご、ごめんなさい！　抱き付くつもりではなかったの！　毛布が重くて、暑くって！　少しクラッとしてしまって！」

謝りながら、パッと身を離す。

「さ、さようでございましたか！　勘違いをしてお恥ずかしい限りでございます！」

「い、いえ！　私が悪いのです！」

「いえいえ、私のために、エレナ様にご負担をおかけすることになったのですから……」

「いいえ！　私から言いだしたことですもの！　ひとまず、一度脱ぎますわね！」

わたわたと言いあってから、バサリと毛布を脱ぎ、エレナは涼しさにホッと息をついた。

「ああ、エレナ様、汗が……」

ポツリと呟いたリュシアンが胸ポケットからハンカチーフを取り出して、エレナの額に手を伸ばし、ふれる寸前でピタリととまる。

「……ありがとう。お借りしてもよろしいかしら？」

「……はい」

エレナは彼の手にふれぬよう注意しながらハンカチーフを受けとると、そっと額を押さえて、案ずるように見つめる騎士に微笑んだ。

「さあ、もう一度……と言いたいところですが……どうしましょうか」

同じ方法ではだめだ。暑さもこたえるが、首への負担も無視できない。

そっと首すじをさすりながら、辺りを見渡して、エレナは窓辺のテーブルに目をとめた。

正確には、テーブルを挟むように置かれた二脚の椅子に。

座面と背もたれ、肘置き部分にまで、たっぷりの詰め物がされたマホガニー製の肘掛け椅子は、ゆったりとした大きめな造りで背もたれも高い。

――あれならば、大丈夫かしら。

椅子に座って、椅子ごと覆うように毛布を被せるのはどうだろうか。

そうすれば、人体と毛布の間に空間ができて、重みが椅子にも分散されるはずだ。

「ねえ、リュシアン――」

エレナは笑みを深めて、思いついた案を彼に伝えた。

「――確かに、それならば、お身体への負担も少しは減るかもしれませんが……」

聞きおえた彼は、それでも不安が消えないのか眉間に皺を寄せている。

「あなたもそう思いますか？　ああ、よかった！」

わざと明るく言ってから、エレナは毛布を腕にかけた。

「まいりましょう！」

ニコリとリュシアンに微笑みかけて、窓辺へと向かう。

数歩進んだところで、躊躇いがちに彼が追ってくる気配がした。

「……よいしょ」

エレナは掛け声とともに毛布を広げ、椅子を覆うようにかける。

そして手前からめくって潜りこみ、椅子に腰をおろそうとしたところで、少し離れた所から、様子を窺うように見つめていたリュシアンと目があった。

「エレナ様、やはり――」

「リュシアン、私は、あなたのお役に立ちたいのです」

心やさしい彼が断りの言葉を口にする前にと、エレナは精一杯の願いをこめて促す。

「さあ、もう一度、頑張りましょう！」

リュシアンは睫毛を伏せ、一呼吸の間躊躇った後、グッと顔を上げ、決意のこもった瞳で「はい」と答えた。

ゆっくりと近付いてきた彼がエレナの前に立つ。

「……では、始めましょうか、リュシアン」

「はい、エレナ様」

視線を合わせて頷きあうと、エレナは椅子と同化するべく、バサリと毛布を被った。

こうして、二人の治療の日々は始まったのだった。

＊　＊　＊

父の言葉をエレナに伝えてから、月がひとつ巡った日の午後。

フレデリクは重たい足取りで離宮に向かっていた。

――今日は少し、肌寒いな。

初夏だというのに空は暗く、厚い雲に覆われ、どんよりとしている。

まるで自分の心を映しているようだ、とフレデリクは思った。

――元気でいてくれるといいのだが……無理だろうな……。

はあ、と溜め息がこぼれる。

腹違いとはいえ、たった一人の妹であるエレナのことをフレデリクは心から愛しく思っている。

――それなのに、私には何もしてやれない。

だから彼女の泣き顔を見るのが怖くて、このひと月、離宮から遠ざかっていたのだ。

――私にもっと力があれば……。

この国の王族は奇跡をもたらす尊き存在として民に敬われ、多少のわがままも許される身分だが、政務の面ではお飾りに近い。

けれど、同じ飾りでも、やはり父とフレデリクでは重みが違う。

正統な王家の子として生まれた父と、王が適当に見繕った女に産ませた不義の子であるフレデリクでは。

フレデリクの出自は、宮廷内では周知の事実だ。

鏡に映る自分の髪色と瞳を見るたび、フレデリクは己のせいではないとわかっていても王妃への罪悪感に駆られる。

王妃ミレーヌはフレデリクの母ではない。

王妃と結婚する際、「身体の弱い彼女では子を産めないだろう」と周囲に反対された父は「必要ならば産める胎《はら》を借りればいい」と言いはって、彼女を妻に迎えると同時に、妻と同じ色彩を持つ女を見繕って孕ませた。

その借り腹から生まれたのがフレデリクなのだ。

フレデリクが誕生した日。父は生まれたばかりのフレデリクを王妃に見せて「ほら、君によく似ているだろう」と笑ったそうだ。

――悪趣味だ……。

赤子を見せられた王妃は、当然ながら、喜ぶどころか大いに嘆き「抱けもしない女を、なぜ妻になどしたのです！　もうここにはいたくない！　故郷へ帰してください！」と父を詰《なじ》り、大粒の涙をこぼしたという。

父は身体の弱い王妃が出産で命を落とすことを恐れて、結婚後も、彼女とは白い結婚を貫いていたのだ。

王妃の嘆きに父は折れ、四年後、エレナが生まれた。

皮肉なことに実の娘であるエレナよりも、フレデリクは王妃によく似ている。

フレデリクの顔を見ると、自分によく似た女を王が抱いたという事実をつきつけられ、胸が苛まれるのだろう。

なさぬ仲の息子と会うたびに、王妃はひどく取り乱すようになり、フレデリクは彼女と会うことを禁じられた。

そのことを寂しく思いながらも、王妃の心が少しでも健やかになるのであればと、フレデリクは父の命令を受け入れた。

せめて別れの挨拶を、と最後に顔を合わせた日。

フレデリクの手を握りながら「どうして、あなたを生んだのが私ではないのかしら」と涙する王妃の姿に、子供ながらにひどく胸が痛んだものだ。

——父上は残酷だ……王妃殿下のことも、エレナのことも……。

フレデリクは深々と溜め息をこぼす。

一ケ月前、父の言葉を妹に伝える前に「私が誰かと子をなすのではいけないのですか」と尋ねてみたが「同じ時代に二人の聖女が存在した記録はない。エレナが死なない限り、おまえの子が聖女の力に目覚めることはないだろう」と冷ややかなまなざしで告げられ、引き下がるほかなかった。

——あの子はリュシアンに憧れているようだが……。

リュシアンが近衛騎士になってから、エレナの表情は以前よりずいぶんと明るくなり、年ごろの乙女らしい華やいだものになった。

きっと今までの騎士と違い、彼は妹を大切に守ってくれているのだろう。

だが、子を作らねばならぬ以上、エレナの想いが叶うことはあるまい。

かといって、彼の他にエレナを大切にしてくれそうな男はいるだろうか、と考えても、王に疎まれている彼女との結婚を喜ぶ男など思い浮かばない。

——ああ、私が王になれば、エレナを守ってやれるのに……！

けれど、その日は遠いだろう。

父に政治的な手腕などないが血の尊さは確かだ。

我が強く、横暴なところも宮廷内での評判は良くないものの、遠くからながめるだけの民の目には雄々しく映るようで、民からの人気はフレデリクよりも父のほうがまだ高い。

もっとも、民が最も愛し、尊んでいるのは、聖女であるエレナなのだが……。

――父上は、それも気に入らぬのだろうな。だから、さっさと聖女でなくしてしまおうと思ってらっしゃるのかもしれない。

眉を寄せ、またひとつ溜め息をついて、フレデリクは手の中の箱を抱えなおした。

深い青紫の丸い小箱。中身は菫の砂糖漬けだ。

菫の花びらにたっぷりと砂糖がまぶされた菓子は、幼いころからのエレナの好物なのだ。

――こんなことしかできないなんて……。

何と情けない、役立たずな兄だろうか。

本当は、父に毅然と立ち向かい、退位させてでも妹を守ってやるべきなのだろう。

けれど、長年に亘って父から施された躾《しつけ》が、逆らうことを躊躇わせる。

父の躾――と呼べるものかわからないが――は言葉よりも身体に訴える苛烈《かれつ》なもので、幼いころのフレデリクは服の下に生傷が絶えず、毎日のように医師の世話になっていた。

エレナが聖女の力に目覚めてからは長く苦しむことはなくなったが、それでも、痛みの記憶は身体の奥底に染みついている。

父の怒鳴り声を聞くたび、その手が振りあげられるのを見るたびに、骨が折れる痛みや鼓膜が破れる衝撃、キンとした耳鳴りが甦って、フレデリクの身をすくませるのだ。

──ああ、何と情けない。

不甲斐なさに溜め息がこぼれて、ふと、フレデリクはリュシアンの顔を思い浮かべた。

──彼なら、きっと、迷わずに父上を廃すために動くだろうな……。

エレナとは違う意味でフレデリクはリュシアンに憧れている。

いつも自分は何か行動を起こす前も後も、これでいいのかよかったのかと散々に悩んでしまうが、リュシアンは実業家らしく、こうと決めたら迷わない。

それに、彼は殴られたくらいで心が折れたりはしないだろう。怯《ひる》むことなく自分の大切なものを守るために戦うはずだ。

──もっと私も強くなりたいな。そうすれば、エレナを幸せにしてやれるのに……。

弱々しい願いを胸の内で呟きながら、フレデリクは離宮の門をくぐった。


「──エレナ、私だ。入ってもいいかい？」

「──あら！　どうぞ、お兄様！」

重たい心と菓子箱を抱えてエレナの部屋の前に立ち声をかけると、思ったよりも明るい声が返ってきた。

フレデリクは戸惑いながらもホッとしつつ、扉をあけて目にしたのは窓辺のテーブルの前、毛布を被せられた椅子とその傍らに跪くリュシアンの姿だった。

——何だ、あれは。

かつてのフレデリクの騎士は美しい寄せ木細工の床に膝をつき、神妙な表情で毛布ごしに椅子の脚にしがみついている——ように見える。

「リュシアン——」

何をしているのかと尋ねようとしたそのとき。

「ごきげんよう、お兄様」

毛布がしゃべった。

「ひっ」

フレデリクは声にならない悲鳴と共に後ずさり、扉を閉めた。

「何だ、今のは……っ」

扉に背を預け、胸を押さえて、深呼吸をする。

すうはあと繰り返し、動悸が鎮まってきたところで、フレデリクは気が付いた。

あれはエレナの声だったと。

「…………」

そっと扉をあけて覗きこめば、先ほどと寸分変わらぬ光景が見えた。

毛布のかかった椅子とそれにしがみつくリュシアン。やはり意味がわからない。

リュシアンと目があったが、彼は答えをくれる気はないようで、真剣勝負の真っ最中といった凛々しい表情で毛布に腕を絡めている。

「……エレナ?」

恐る恐る声をかけると毛布の内側から「はい」と愛らしい声が返ってくる。

どうやら毛布の中身は、可愛い我が妹で間違いないらしい。

ホッと安堵の息をつくと、フレデリクはそそくさと窓辺に駆けより、エレナの向かいの椅子に腰をおろした。

「やあ、エレナ……」

口をひらいたものの何と言うべきか迷ってしまう。

「ええと、温かそうだね」

「はい。とても」

コクリと頷いたのか、毛布がふわりと揺れる。

薔薇色の毛布は冬用の品なのだろう。ずっしりと重たげで、今の時期にはそぐわない。

「……あの、お兄様、申しわけありませんが、このままでもよろしいでしょうか……」

「え?　毛布を被ったままということかい?」

「はい。……ええと、私、今、お兄様にお会いできる格好をしていないのです」

「えっ」

「ドレスを着たままで毛布を被りますと、どうしても蒸すものですから……その、今、私、化粧着で過ごしておりますの」

恥ずかしそうに告げられた事実に、フレデリクはギョッと目をみはった。

化粧着は、朝、貴婦人がショコラを片手に身支度をするときにまとう部屋着——と言うよりも下着に近い。

シフトドレスとコルセット、パニエを身に着けた上に羽織《はお》る、薄い絹のガウンのような品なのだ。

化粧着姿で恋人を招きいれ、朝から愛を語らう大胆な淑女がいることは知っていたが、まさか、妹の口から同じような告白を聞く日が来るとは思わなかった。

「そうなのだね……うん。わかったよ。そのままで大丈夫だ」

フレデリクは努めて平静を装って答えながらも、内心は驚きと困惑でいっぱいだった。

——あの小さかったエレナが、化粧着姿で毛布を被って男に抱きつかれているなんて、ずいぶんと大人に……いや、待て、どうして毛布なのだ？

いったい、いつのまにそのような仲にと思いかけて、どう考えても変だと思いなおす。

これはそういった甘い関係とは違う気がする。リュシアンの位置がおかしい。

あれは恋人の位置ではない——と思う。

そういう嗜好という可能性もなくはないかもしれないが……。

それ以前に、なぜエレナは毛布を被っているのか。まったくもって意味がわからない。

「…………」

フレデリクは無言でテーブルの下を覗きこみ、リュシアンに目顔で問うてみた。

「……どうぞ、私のことはお気になさらず」

——いや、無理だよ！

優雅な笑みで放たれた言葉に心の中で叫び返すと、フレデリクは推理を諦めて、大人しく妹に尋ねることにした。

「……ねぇ、エレナ。どうして毛布を被っているんだい？」

「これは……ええと、リュシアン、お兄様にはお教えしてもかまいませんか？」

テーブルの下から「どうぞ」と声がする。

エレナは「ありがとう」と声を返すと、スッと背すじを伸ばし——たのだろう、恐らく——フレデリクに告げた。

「これは治療なのです」と。

そして、こうなった事情を語りはじめたのだった。

「──つまり、リュシアンが女性にふれられるように練習をしているということかい？」

「はい！」

「……そうか。それは……うん。大変そうだけれど……やりがいはありそうだね」

事情を聞いて一応は納得したものの、もっと他にやりようがあったのではないかと思わずにいられなかった。

──だって、どう考えてもおかしいだろう。毛布だなんて……。

けれど、毛布の内側から「はい！　とても！」と返ってきたエレナの声が、あまりにも嬉しげに弾んでいたため、口に出すことはできなかった。

「毛布ごしにふれるのにはだいぶ慣れてきましたので、今は、ふれる時間を長くしているところなのです！」

「へ、へえ。そうなのか。順調に進んでいるようで何よりだね」

「はい！　明日は、もう一段階先へ挑戦する予定ですの！　布をもう少し薄く、毛布からシーツに移行しようかと思っております！　ねえ、リュシアン？」

尋ねる毛布に足元の騎士が「はい！」と答える。

光景は滑稽《こっけい》だが、二人の──エレナの顔は見えないが──表情や口調は真剣そのものだ。

フレデリクは何だか胸が熱くなった。

──こうまでしてでも、結ばれたいと思っているのだな……！

エレナがリュシアンの治療を思いたった理由はわかっている。

商人貴族と謗《そし》る者もいるが、ヴェルメイユ家は歴史もあり、国庫への貢献度も高い。変化を厭い、じりじりと没落していく家も少なくないこの国で、先進的な彼の家は国の未来に必要な存在だ。

社交界ではヴェルメイユ家を表向きでは批判しながらも、密かに彼の家から借金をしている者が少なくないことをフレデリクは知っている。

エレナとの縁談が持ちあがったとして、口先では苦言を呈《てい》しても、本気で反対する貴族はいないだろう。

リュシアンがエレナにふれられるようになれば――抱けるようになれば、彼との結婚も夢ではない。フレデリクとしても願ったりだ。

ただ、意外だったのは、リュシアンがエレナの提案に応じたことだ。

リュシアンが王太子付きの近衛騎士だったころ、フレデリクは「潔癖症を治す気はないのかい」と尋ねたことがある。そのとき、彼は涼しい顔で「はい」と答えた。

「ふれたくてもふれられないというのなら治す気にもなりましょうが、ふれたいとも思いませんので」と。

それが今は、こうしてエレナの脚にしがみついている。

――ふれたいと、ふれようと思ってくれたのか。エレナの気持ちに応えようと……。

これまでフレデリクは、リュシアンが妹をどう思っているのか判断がつかなかった。

父の嫌がらせで、彼のエレナ付きの近衛騎士への転任が決まったとき、震えながら父に抗議しようとするフレデリクをリュシアンは宥め、嫌な顔ひとつせずに受けいれてくれた。

きっと彼は、フレデリクやエレナに同情してくれたのだろう。

――その同情が愛に変わった、ということかな？

そうであればいい。エレナの片恋ではなく、二人が心から想いあっているのであれば。

「……そうか。上手くいくといいな」

フレデリクは心からの励ましをこめて微笑んだ。

「はい、頑張りますわ！」

毛布から聞こえる希望に満ちた声に胸が温かくなる。

妹のこれほど嬉しそうな声を聞くのは、いったい何年ぶりだろう。

いや、もしかすると初めてかもしれない。

この希望を守ってあげたい。フレデリクは、そう思った。

やがて、ノックの音が響いて、侍女がティーセットを手に部屋に入ってきた。

侍女はティーポットやカップを並べて、スッと一礼をすると、しゃべる毛布と床の騎士、それらと和やかに語らうフレデリクを「何だこいつら」と言いたげな目つきで一瞥《いちべつ》した後、そそくさと逃げていった。

「……さあ、エレナ。お茶にしよう。君の好きな菫の砂糖漬けをもってきたから」

「まあ、嬉しい！　ありがとうございます、お兄様！」

フレデリクは砂糖漬けの小箱をリュシアンに渡し、それが、もぞもぞと毛布の中に吸いこまれるのを見届けて心に誓った。

二人が結ばれるために、自分にできることは何でもしようと。

第三章　最後の治療

　スズランが揺れる初夏の午後。

　エレナは窓辺の椅子に座り、被ったシーツの下で三時のお茶を楽しんでいた。

　右手で摘まんだティーカップを口元に運んで、今朝届いたばかりの夏摘みの茶葉の香りを胸いっぱいに吸いこむ。どこかマスカットを思わせる匂いが爽やかで心地好い。

「……いい香り。よろしければ、リュシアンもどうぞ。召しあがって」

「はい。……では、お言葉に甘えさせていただきます」

　低く艶のある声が耳に届いたと思うと、シーツの上からエレナの左手を握っていた彼の手が離れて、手の甲が涼しくなった。

　とぽとぽと紅茶を注ぐ音。かちりとカップを持ちあげ、味わう気配。

　その間もシーツの向こうからジッと見つめられているような気がして、エレナは頬が熱くなる。

毛布からシーツに移行して、一週間。

最初の日に暑さでクラッとしたこともあり、今では、治療はエレナの体調最優先で行われている。

その日の気温によっては毛布の暑さに耐えられず、短時間しか治療が行えないこともあったが、シーツに変わってからは、グッと楽になった。

ちなみに移行後は化粧着ではなく、きちんと初夏用のドレスをまとっている。

互いの姿が見えないのは相変わらずだが、互いの体温が伝わる程度のふれあいにも少しずつ慣れてきたところだ。

治療は順調。このまま行けば、来月にはもう一歩先に進めるかもしれない。

——でも、いきなり素手は難しいでしょうね……そうだわ、シフォンはどうかしら？

ラポメ夫人は、どうしてもあの生地をエレナに売りつけたいのか「夏になればこの良さがわかりますわ！」と青りんご色のドレスが仕上がった後も見本として残していった。

あのふんわりさらりとした天使の羽のような素材ならば、素肌とシーツの中継ぎとして丁度いいだろう。

シフォンのふれあいになれたら、その次は、いよいよ——そう考えたところで、ふと、エレナの胸に不安がよぎった。

――そうして治療が終わったら……どうなるのかしら。

どうもこうも、リュシアンと結婚してめでたしめでたしだろう。

そう思っていたのだが、治療が進むにつれて、エレナは葛藤を覚えるようになった。

最初は勢いだけで、わずかな希望に飛びつくように治療を提案した。

彼の悩みが消えれば、エレナの想いが実るかもしれないと思ったから。

だが、冷静になって考えてみれば、彼がエレナの夫となる可能性は高くない。

間違いなく、父に反対されるはずだ。

――王に疎まれている娘との縁談なんて、普通は嫌よね……。

リュシアンのほうも多少の情を抱いてくれているはずだ、と今では思える。

少なくとも、ふれてもいいと思える程度には好感を抱いてくれているだろうと。

とはいえ、貴族の結婚は個人の気持ちだけでは決められないものだ。

家のことを考えれば、一時の情に流されるよりも面倒事を避けようとするに違いない。

――どちらにしても、治療が済んだら、お別れになるでしょうね。

縁談が成立しようがしまいが、治療が終われば、彼を離宮から出さなくてはいけない。

女性にふれられないからこそ、彼は聖女の騎士でいられる――エレナが独占することが許されているのだから……。

――自由にしてさしあげないといけないわ。

この治療は、彼と一緒にいられる時間を徒に縮めているだけなのかもしれない。

そう考えると心が沈みそうになる。

――でも、少なくとも、彼の未来はひらけるもの……。

潔癖症――というよりも女性嫌悪だろうか――が治れば、リュシアンは一人の健全な男として、まっとうな幸せを得られるはずだ。

だから、この治療は無駄ではない。

けれど、他の女性と結婚などしてほしくない。できることならば、自分を選んでほしい。

そんな風に、近ごろのエレナは別れへの怖れと希望の間でグラグラと揺れていた。

――決めるのはリュシアンなのだから、どれほど考えたところで意味はないのに……。

小さく溜め息をこぼして、ティーカップを口に運ぶ。

――美味しい。

爽やかな芳香《ほうこう》に、ささくれ立つ心が癒やされるようだ。

コクリコクリと喉を鳴らして飲み干し、そっとカップをソーサーに戻す。

かちりと微かな音が響くのと同時に、テーブルの方向からも同じ音が聞こえた。

リュシアンも、ちょうど一杯飲みおえたようだ。

「……エレナ様、おかわりはいかがですか?」

「ありがとう。ですが、もう充分です」

「さようでございますか。では、カップをお預かりいたします」

「はい。お願いします……」

そっとシーツをめくって差しだせば、手の上から陶器の重みが消える。

コトン、とテーブルにソーサーを置く音がして、リュシアンの気配が近付く。

「……エレナ様、お顔にふれてもよろしいですか？」

ほんのりと緊張を帯びた声で囁くように問われ、エレナは、こくんと息を呑む。

今では慣れて、どこをさわられても驚かなくなったが、今でも彼は顔にふれるときだけは伺いを立ててくる。

「……はい。どうぞ、お好きに」

返す囁きは彼に負けず劣らず——いや、彼以上に緊張を帯び、羞恥に震えていた。

「ありがとうございます。では、失礼いたします」

そう言ってリュシアンは手を伸ばし、エレナの頰にふれる。

最初はシーツの上から輪郭を確かめるように、ゆったりと指先でなぞり、次に両の手のひらで包みこむ。

そして、そのまましばらく動かない。

布ごしに温もりを伝え、感じとり、手のひらに馴染《なじ》ませようとするように。

あるいは、下手に動いたり、力を加えて壊してしまうのを恐れるように。

ジッと息さえ殺して、彼はエレナを見つめている。

やがて、おずおずと動いた手が唇にふれる。

自分の指とはまるで違う、硬く骨ばった指で、やわらかな唇をゆっくりとなぞられるのは、なぜかゾクゾクとした感覚をもたらして、エレナはいつも耐えきれず、ほうと吐息をこぼしてしまう。

それが布を通してリュシアンの指にかかり、彼は熱さにたじろぐようにパッと手を引く。

これまでは、いつもそうだった。

けれど、今日はエレナが吐息をこぼした後もリュシアンは指をどけなかった。

一瞬、ピタリと手がとまり、再び動きはじめる。

いつもと違う反応に、エレナは鼓動が速まるのを感じた。

親指の腹で紅を刷くように上、下となぞられ、下唇の真ん中にあてがわれて。

「……ぁ」

そうっと押されてひらいた唇のあわいに指先が沈む。

ビクリと身を震わせ、反射的に口を閉じれば、彼の指を食むような形になった。

今度は彼の手がビクリと揺れて、スッと指が遠ざかり、頬にふれていた手まで離れた。

ああ、噛んでしまってごめんなさい。

そう謝るべきだと思いながらも、エレナは言葉が出てこない。

どうしていいのかわからず、ドキドキとうるさい胸をそっと押さえると、衣擦れの音が耳に届いて、またひとつ鼓動が跳ねた。

左の頬にリュシアンの右手がふれる。

そして、彼の左手はエレナの右頬ではなく、顎にふれ、そっと上向かせた。

「あ、あの……リュシアン？」

震える声で呼びかけるが、返事はない。

代わりに彼が背をかがめる気配がして、エレナはシーツの下で息を呑む。

──こ、これは、もしや、口付けるつもりでは……!?

もちろん、嫌ではない。嫌ではないが、いや、嫌ではないのならかまわないではないか。

──でも、でもっ、まだ愛の告白も何もしていないのに……！

絵物語で培ったエレナの恋愛観に照らしあわせれば、口付けは愛の告白の後、薔薇の花咲く庭園か噴水や湖の畔《ほとり》、月明かりの下で行うものだ。

昼のさなかにシーツの下で受けるようなものではない。

とはいえ、では口付けをしたくないのかと問われれば、もちろんエレナの答えは否だ。

彼がしたいというのならば、是非ともしていただきたい。

頭の中は大騒ぎだが、現実のエレナは子羊のように身を震わせながら、ジッと待つことしかできずにいた。

シーツごしに鼻先がふれあい、エレナは、あ、と目をみひらく。

――ああ、待って、息、息は？　とめたほうがいいの？　いいわよね、たぶん。

キュッと唇を閉じて、息をとめ、ついでに目蓋もギュッと閉じる。

そうして、彼の吐息をシーツごしに感じて、ゴクリと喉を鳴らしたとき。

初めての口付けの予感は、鳴り響くノックの音に打ち砕かれた。

＊　＊　＊

跪き、祈りを捧げおえて、エレナは母の手をそっと毛布の上に戻した。

ずっと握っていたかったが、母が横たわる寝台の向こうからこちらを見つめる父の視線がそれを許してくれなかった。

母は、エレナの顔をチラリと見て「ごめんなさい」と消え入るように呟くと、寝返りを打って背を向けた。

叱られた子供のように縮こまる小さな背中を見つめ、エレナは胸が締めつけられる。

季節の変わり目に、母が体調を崩すのは珍しいことではない。

けれど、母はそれを恥じ、いつも不調を隠そうとするので、症状が悪化することもまた珍しくなかった。

今回も熱が出ていることを悟られぬよう、母は毎朝の主治医の診察前に身体を水で冷やしていたため、気付くのが遅れたのだ。

そして熱が上がりきり、ついに寝台から起きあがれなくなったところで、エレナが呼ばれたというわけだった。

主治医は高齢と言うこともあり、父に殴られることはなかったが、激しい叱責を受け、「老いぼれは去れ！」とその場で王妃付きの主治医の任を解かれたという。

その経緯を聞いたとき、エレナは父に呆れ、医師を哀れんだ。

若い男が母にふれるのを嫌がり、高齢の医師を主治医にしたのは父だというのに。

「……終わったか？　ミレーヌは治ったのか？」

母の額を冷やしていた白い布を手持無沙汰に手のひらで弄んでいた父が、不機嫌そうに問いかけてくる。

「はい。熱は下がりました」

「そうか……だが、顔色は悪いままだぞ。本当に治したのか？」

ジロリと睨まれ、エレナは視線を落とした。

「……お父様、私に治せるのは後天的な身体の不調だけです。生まれつきの病や体質まではー」

治せないのだと言いかけたところで、父が寝台を拳で叩いて立ち上がるのを目にして、エレナは言葉を呑みこむ。

「言い訳は聞きあきた……私が欲しいのは結果だ！　エレナ、なぜミレーヌを治せない？　なぜ、母親を苦しみから救ってやれぬのだ!?」

ギリリと白布を握りしめて父が叫ぶ。

「っ、私とて、治せるものならば治したいと思っております！」

たまりかねて言い返したそのとき、背後に控えていたリュシアンが近付く気配がして、不意に腕をつかまれ、引き寄せられた。

とんと身体がぶつかり、目をみはった瞬間——視界の隅を白い何かが通りすぎる。

ハッと後ろを振り返れば濡れた布が落ちていた。父が投げつけたのだろう。

「……あ」

ありがとう、と言いかけたところで、それを遮るようにエレナの腕をつかむリュシアンの手に微かに力がこもって、ハッと我に返る。

ここでリュシアンに礼を言えば、きっと父は余計に腹を立てるだろう。

視線だけで感謝を伝えると、リュシアンはわずかに目を細めて頷いてくれた。

「……不能騎士がでしゃばりおって！」

「申しわけございません、陛下。主をお守りするのが近衛の責務でございますので、つい身体が動いてしまいました」

さらりと言葉を返してエレナから一歩距離を取ったリュシアンを、父は忌々しげに睨みつけてから、エレナへと視線を移した。

「おまえもおまえだ。この無能聖女が！」

憎悪に燃える瞳、吐きすてる声に身体がすくむ。

「ああ、どうしておまえのようなでき損ないが聖女なのだ……？」

ぎりりと歯噛みをしながら、父が呟く。

「そうだ。なぜその力を持つのが私ではないのだ!?　私に奇跡の力がありさえすれば、この手でミレーヌを救ってやれたのに！」

頭を掻きむしりながら、悔しげに父が叫んだ言葉に、エレナは目をみひらく。

――お父様は、ご自分でお母様を救えないことを気に病んでいらしたの……？

だから、自分が求めてやまない力を持ちながら、母を救えないエレナを憎んでいたのだろうか。

――そうよね。お父様はお母様を愛してらっしゃるのですもの……。

愛する者の苦しむ姿をただ見つめることしかできないというのは、さぞ辛いことだろう。

エレナの中に父への哀れみの気持ちが芽生えかけて――次の瞬間、打ち砕かれた。

「やはり、血を薄めたせいか……こうなるくらいならば、さっさとブランディーヌに子供だけでも産ませておけばよかった！」という残酷な言葉で。

父が口にしたのは早逝《そうせい》した大叔母の名だ。

突然何を、と唖然とするエレナに、父はさらなる言葉の刃を投げつけた。

「あいつが生きている間に我慢して仕込んでおけば、おまえのような無能聖女ではなく、王家の血を色濃く継いだ優秀な聖女が産まれていたはずだ！」

エレナはサッと青褪めた。何ということを言うのか。

その言葉はエレナだけでなく、母をも否定する言葉だというのに。

慌てて母を見ると、引き上げた毛布に顔を埋め、すすり泣くように肩を震わせていた。

「お父様、もう、おやめください！」

「何だと――」

懇願するエレナに父は怒鳴り返そうとしたが、母の様子に気付き、ハッと口をつぐむ。

「お父様、お母様はお疲れなのです。どうぞ、お静かに労わってさしあげてください」

震える声で告げれば、父は舌打ちをひとつして「わかっている。さっさと出ていけ」と気まずそうに吐きすてた。

「はい。……お母様、どうぞ……ゆっくりとお休みになってください」

かけた声に返事はなかった。

いつもならば、やさしく「ありがとう」と返してくれるのに。

母の心の痛みを思って、胸が引き絞られるような心地になる。

「……まいりましょう、エレナ様」

リュシアンにやさしく促され、エレナは「はい」と答えて立ち上がった。

それから、震える母の背を見つめ、自分の不甲斐なさに唇を噛みしめると、そっと視線をそらして歩きだした。

＊　＊　＊

重たい足取りで離宮の私室に戻ると、兄が窓辺のテーブルで待っていた。

「……王妃殿下の様子はどうだった？」

いつものように問われ、エレナは俯いた。

「エレナ？」

慌てたように立ち上がった兄が駆けてきて、エレナの肩にやさしく手をかける。

「どうしたのだい？　治療が上手くいかなかったのかい？」

「……お兄様」

労るような兄の声に涙腺がゆるみ、ポロリと涙がひとすじ頬を流れて、気付けばエレナは呟いていた。

「どうして私は、もっと強い力を持って生まれることができなかったのでしょうか」

「え？」

「私が無能ではない、偉大な聖女だったなら、お母様を癒やしてさしあげられたのに……！」

「そんな……！」

兄の前でこのような弱音を口にしたのは初めてだった。

ほろほろと涙をこぼすエレナに、どうしていいのかわからないのか、兄はリュシアンにすがるような視線を投げた。

「……エレナ様は無能ではございません」

低い声が背後で響く。振り返ったエレナが濡れた目で見上げると、リュシアンは口元をゆるめ、やさしく微笑みかけてきた。

「ご自分を卑下する必要などございません。エレナ様は、これまで何千という民を救い、王妃殿下のお命を十数年に亘って守ってこられたではありませんか」

「でもっ、それでは足りません。もっと強い力がないとお母様を――」

「エレナ様、どうかおやめください。あなたまで、ご自分を否定なさってはなりません。王妃殿下が悲しまれます。大切な娘が自らを卑下するのを、喜ぶ母親などおりませんよ。もしも、今のエレナ様をご覧になったら『どうしてもっと強い力を持った子に産んであげられなかったのか』と、王妃殿下はいっそうご自分をお責めになると思います」

リュシアンの言葉に、エレナは息を呑んだ。

「そんな……私は、そんなつもりでは……」

だが、言われてみればそうだ。自分の力を否定することは、母を否定すること。父のしていることと変わらない。

俯き、唇を嚙みしめたとき、そっとリュシアンの手がエレナの肩にふれた。

「……エレナ様、どうぞお顔をお上げください」

やさしく促す声におずおずと顔を上げて、エレナは思わず息を呑んだ。

彼はドキリとするほど真摯なまなざしでエレナを見つめていた。

「エレナ様、あなたは最高の聖女です」

「え？」

「他の誰が否定しようとも、あなたは私にとっては最も尊く、偉大な聖女なのです」

「私が、あなたにとって、ですか？」

聖女の力は彼の症状には効き目がない。聖女としては何の役にも立っていないはずだ。

予想外の言葉に戸惑うエレナに、リュシアンは「はい」と迷うことなく頷いた。

「あなたは私に希望を与えてくださいました」

「……希望？」

あの治療のことだろうか。だが、あのような、ただ布を被ってふれあうだけの治療など、エレナでなくとも誰でもできるだろうに。

けれど、リュシアンは視線をそらすことなく「はい」と答えた。

「あなたは私のただひとつの希望で救い、唯一絶対、最高の聖女なのです」

「……お母様を救えなくても？」

ポツリと問えば、彼は、また迷わず頷き、フッと眉を下げて微笑んだ。

「エレナ様、このようなことを言っては身も蓋もありませんが……」

「何でしょうか？」

「そもそも、王妃殿下はエレナ様に救ってもらいたいなどとは、望んでいらっしゃらないと思いますよ」

突きはなすような言葉に、エレナは「えっ」と目をみひらいた。

「それを望んでいるのは陛下だけです」

呟くリュシアンの瞳が冷ややかさを帯びて、一転、ふわりとゆるむ。

「ですが、王妃殿下ご本人は違います。娘を苦しめてまで救われたいと願うような母親は――まあ、いるにはいるでしょうが、王妃殿下はそうではないかと……」

「……そうだね。私もそう思うよ、エレナ」

それまで黙って聞き入っていた兄が、ポツリと呟いた。

「王妃殿下は、おやさしい方だ。ご自分を救うために君が泣くのは嫌がるだろう。だから……君が一人ですべてを抱えこんで、救おうとしなくてもいいのだよ」

そう言うと、兄は詫びるように目を伏せた。

「……今まで、そう言ってあげられなくて、すまなかったね」

「……お兄様」

エレナは二人の言葉に、じんわりと胸が熱くなった。

物心ついたときからずっと、母を救うことは自分の責務だと思っていた。

母を救えないのなら、生きている意味はないのだと。

だが、違ったのだろうか。

「……いいのかしら。お母様を救えなくても……お母様は許してくださるでしょうか？」

おずおずとリュシアンを見つめると、彼はやわらかな微笑を浮かべて頷いた。

「もちろんです。王妃殿下にとって、あなたは聖女である前に愛しい娘なのですから」

力強い肯定に、エレナの瞳が潤んだところで「そうだよ、エレナ」と兄の声が響く。

「大丈夫。君はもっと、愛されている自信を持っていいと思うよ」

「……お兄様」

ぎこちなく微笑む兄に、ますます目の前が滲み、視界が曇る。

けれど、心は晴れていくような心地がした。

――そうだわ。「私では救えない」といくら嘆いたところで、お母様を悲しませるだけで、何の救いにもならないというのに……今まで何をしていたのかしら……。

エレナは、そっと目元を拭い、二人に向かって微笑んだ。

「ありがとうございます。私、もう自分の無力さをただ嘆くようなことはしませんわ……お母様のためにも、もっと前向きに生きてみます！」

これからはもっと自分のことを認めて、聖女として母を救うのではなく、娘として一緒に幸せになる方法を考えよう。

拙《つたな》い決意を言葉にすれば、エレナの愛しい騎士と兄はやさしい笑みで頷いてくれた。


そうして、いつになく前向きな気持ちで兄を玄関ホールまで送っていって。

玄関の扉をくぐった兄が「では、また来るよ」と手を振り、エレナが「はい、お兄様」と笑顔で返したそのとき。

離宮の門がひらいて、一台の馬車が入りこんできた。

初めは兄の迎えが来たのだろうと思った。

けれど、すぐに違うと気付いた。兄が乗ってきたとおぼしき白馬が大理石を敷きつめた前庭に引きだされているのが見えたのだ。

ガラガラと石畳を進んできた馬車が前庭で停まり、扉がひらく。

降りてきたのは父だった。

豪奢な上着の裾をたなびかせて歩いてきた父は、玄関の扉の前で立ちすくむ兄妹を見ると眉間に深い皺を寄せて、兄を睨みつけた。

「……戻れ」

命じられた兄はビクリと身を震わせると「はい」とか細い声で答え、父の横をすり抜けようとして――肩をつかまれ、引きもどされた。

「――っ」

「違う。中にだ。愚図が」

吐きすてるような罵声と共に、どん、と押された兄が倒れかけるのを素早く駆け寄ったリュシアンが抱きとめる。

「っ、すまない」

「いえ」

短く答えると、リュシアンは兄から手を離して、立ち位置を変えた。

父の視界を遮らず、それでも何かがあれば兄妹と王との間に割りこめるような位置へと。

そんな律儀な騎士を父は忌々しげに一瞥した後、エレナと兄に視線を戻した。

「おまえたちに話がある。部屋に戻れ」

そう言って、父は振り返り、自ら玄関の扉を閉めると兄妹に向かって顎をしゃくった。

さっさと行け、というように。

「……行きましょう、お兄様」

「う、うん」

そうして、エレナは兄と共に追い立てられるように私室へと戻った。

数分後。茜色の陽ざしが差しこむ暖かな部屋には、重苦しい空気が漂っていた。

リュシアンの姿はない。父が命じたのだ。

「王家の浮沈に関わる話を卑しい商人貴族に聞かせる気はない。出ていけ。私が帰るまで控えの間で待っていろ」と。

いくらリュシアンがエレナたちを案じていても、王の命令となれば従わざるを得ない。

とはいえ、退室を命じられた彼は素直には応じなかった。

「高貴なる方々がおそろいだというのに護衛の一人もいないのは、あまりにも危険です。尊き御身をお守りするためにも、どうぞこの場に残ることをお許しください。いつどこに狼藉者《ろうぜきもの》がひそんでいるかわかりませんので……」

言葉でへりくだりながらも、まっすぐに父を見つめるリュシアンの視線は厳しく、瞳には警戒の色が浮かんでいた。

それを受けとめた父のまなざしも険しいものとなり、二人の間に見えない火花が散る。

「……だめだ。失せろ」

「では、せめて扉の前で控えさせてください」

リュシアンの言葉に、父の額に青すじが浮かびあがる。

「だめだ。言っただろう。卑しい商人貴族に聞かせる話はない。今すぐ失せろ」

「ですが――」

尚もリュシアンが言い返そうとした瞬間、父が拳を握りしめるのを目にして、エレナは慌てて自分の騎士に声をかけた。

「リュシアン、心配してくださってありがとう」

「……エレナ様」

「でも、ここは大丈夫ですから。お父様のご命令通り、控えの間で待っていてください」

どうかもう行って、と願いをこめてエレナが見つめると、リュシアンは悔しげに睫毛を伏せて「はい」と頷いた。

「……では、陛下のご命令に従い、下がらせていただきます」

そう言って胸に手を当て深々と父に頭を下げると、リュシアンはチラリと兄に「エレナ様をお任せします」と言うような視線を向け、去っていった。

疑い深い父は、リュシアンが廊下を曲がって、階段を下りて見えなくなるまで、ジッとその背を睨みつけていた。

そして今、親子三人、窓辺のテーブルを囲んでいる。

家族団欒などとはとても呼べない、息苦しい雰囲気が閉ざされた部屋に満ちていた。

「……エレナ」

ジッと俯いていたエレナの耳に父の声が響く。

「おまえの交配相手を決めた」

エレナはハッと顔を上げる。交配相手。夫でも婚約者でもない、父は確かにそう言った。

──まるで、家畜の繁殖のようだわ……。

いったい、どこの誰と番わせるつもりなのだろう。柵の中の雌牛をながめるような父の視線にエレナが身を震わせたとき、傍らで兄が立ち上がった。

「……お待ちください、父上。い、今すぐエレナを結婚させるのは、王妃殿下のためにもよろしくないかと……！」

「ほう、どうしてそう思う？」

冷ややかに問われた兄は一瞬言葉に詰まり、けれど、グッと拳を握りしめ答えた。

「それは……子を産めば、聖女の力は徐々に失われるのでしょう？　その子がエレナよりも強い力を持って生まれるかどうかわからないではありませんか……！　産まれたのが男であれば、そもそも力は使えません。もしっ、それでエレナが力を失えば、誰が王妃殿下の治療をするのですか？　ですから、奇跡の力に頼らぬ方法で、王妃殿下のお身体を治す方法を探りつつ、しばらくは現状を維持するのが、よろしいかと、思いますっ！」

声を震わせ、所々つっかえながらも精一杯訴える兄の姿に、エレナは胸が熱くなった。

ぷるぷると震えている兄の手に手を伸ばし、感謝を伝えるように握りしめると、そっと握り返される。

二人の視線が重なり、小さく笑みを交わしたとき。

「麗しい兄妹愛だな」

嘲るような声が響いた。

「……お父様？」

エレナが恐る恐る顔を向けると、テーブルの向かいで父は微笑んでいた。

唇の端を歪めた、何とも嫌な笑みだった。

ぞわりと背すじに悪寒が走り、エレナは兄の手にすがるように力をこめた。

「心配はいらぬ。聖女の力を強める方法を思いついたのだ」

「力を強める方法、ですか？」

「ああ」

寄りそう兄妹を蔑むようなまなざしで見つめながら、父は答えた。

「王家の血が薄まったせいで無能聖女が産まれたならば、濃くすればいいだけの話だ」

確信に満ちた言葉に、エレナは戸惑う。

理屈はそうだが、相手がいないではないか。王家の血を引く存在は、もう――。

「まさか、父上……」

怯えたような声が降ってきて、ハッと見上げると、兄の顔から血の気が引いていた。

――お兄様？　どうして、そのような顔をしてらっしゃるの……？

青褪めた兄の横顔に胃の腑が冷えるような不安がこみあげてきて、ふるりと身を震わせたエレナの耳に父の声が刺さった。

「そうだ。おまえが孕ませろ」

告げられた言葉に悲鳴を上げたのは、兄のほうだった。

エレナは、ただこぼれんばかりに目をみはり、父を見つめることしかできなかった。

「無理です！　できません！　妹と、そのようなこと！」

兄の叫びに、父は煩わしげに眉をひそめる。

「妹と言っても、どうせ半分だけだ。髪の色も目の色も違う。顔立ちも似ていない。他人と変わらぬだろうが」

「いいえ、妹です！　私のたった一人の大切な――」

「黙れ！」

怒号と共に立ち上がった父は大股にテーブルを回ってくると、尚も言い募ろうとする兄の胸倉をつかんで拳を固めた。

「お父様、おやめください！」

慌てて立ち上がったが遅く、ゴッと骨を打つ鈍い音がエレナの耳に響いた。

ぐらりと傾いだ兄の身体を父の腕が引きおこす。

「やれ。王族の務めだ」

「……できません」

頬を腫らし、唇の端から血を滲ませながらも兄は首を横に振る。

父は「そうか」と呟き、兄から手を離した。エレナはホッと息をつく。

けれど、次の瞬間、父は再び拳を振りかぶって兄を殴りつけた。

ドッと床に倒れこんだ兄の腹に父のつま先がめりこみ、呻きと共に細い身体が転がる。

「お父様、おやめくださいっ！」

駆け寄ったエレナの手を父は煩わしそうに振り払うと、兄に命じた。

「やれ、フレデリク！」

「……っ、で、できません……っ」

呟きこみ、震える声で訴える兄の腹を父は舌打ちと共に踏みつけて、ふと、何かを思いついたように唇の端をつり上げた。

「ならば、役に立たないものを切り落としてやろうか？　そうすれば、私も諦めがつく」

「き、切り落とす？　何をですか、お父様？」

父の言葉の意味がわからず尋ねたエレナに、父は歪な笑みで答えた。

「こやつの脚の間にぶら下がっている、粗末な男の証をだ」

エレナはひっと息を呑み、口元を押さえた。

「そうなれば、おまえが治してやるか？　了承するまで何度でも切り落としてやるが」

せせら笑うように言いながら父は腰に下げたドレスソードに手を伸ばす。そして、美しい彫刻が施された柄を握って膝をつき、兄の胸倉をつかんで引きずり起こした。

「最後のチャンスだ。やれ、フレデリク。頷け」

青褪め、怯えきった兄の瞳には涙の膜がふくれあがり、ギュッと目をつむった拍子に、押しだされた透明な滴が頬を伝ってボタボタと床に落ちた。

「……で、できませ――」

ゆるゆると兄がかぶりを振る。

父は歪んだ笑みを深めて、すらりと白刃を引きぬいた。そして――。

「わかりました！」

たまらずエレナは叫んでいた。

「やります！　ですから、お父様、もうおやめください！」

「……そうか」

必死に訴える娘を嘲笑うように目を細めると、父は剣を納めて、投げ捨てるように兄を突き飛ばした。

「……お兄様っ」

　エレナは倒れこんだ兄に駆け寄って膝をつき、その身を守るように抱きしめる。

「だめだよ、エレナ。父上、私は――」

「お兄様、もう、充分です。大丈夫、大丈夫ですから」

　子羊のように震えながらも立ち上がろうとする兄を押しとどめ、エレナは潤む瞳で父を見上げた。

「フレデリク、このまま泊まって、今夜番え」

　涙で輪郭がぼやけた父が嗤う。

「明朝、サミュエルに確かめさせる」

　サミュエルとは父付きの筆頭主治医の名前だ。

　どうして、ここでその名が出てくるのか、エレナは戸惑いながら尋ねた。

「……何を、確かめるのでしょうか？」

　震える声で問えば、涙で歪んだ視界の中、父が笑みを深める。

「ちゃんと番ったかどうかをだ。明日の朝、おまえがまだ純潔だったなら、そやつを去勢してやる」

　ひょいと顎で兄を指して冷ややかに宣言すると、父はエレナたちから顔を背けて、大股で遠ざかり、扉をあけて出ていった。

「適当に血を散らして、ごまかせると思うな」と低い声で言いおいて。

父の足音が聞こえなくなり、エレナが小さく息をつくと腕の中で兄が身じろいだ。

「……エレナ、すまない……。私のせいで……！」

腫れあがった兄の頬を伝う涙を拭い、エレナは微笑んだ。

「……お兄様のせいではありませんわ」

声を上げて泣いてしまいたかったが、そうしたところで兄も自分も苦しくなるだけだとわかっていた。

仕方がない。戦う力も勇気も持たない人間は、ただ惨めに庇いあい、運命を受けいれるほかないのだ。

必死に笑みを作りながら、エレナは、せめてもの願いを口にする。

「ですが、お願いです……リュシアンには――」

彼の名を口にした途端、胸が引き絞られるような痛みが走った。

笑みが歪み、こらえきれずに涙がこぼれる。

「っ、彼だけには言わないでください。あの人にだけは、知られたくない……！　お願い、お兄様……っ」

嗚咽《おえつ》混じりに願えば、兄は痛ましげに顔を歪めて、哀れな妹を何も言わずに抱きしめた。

＊　＊　＊

その後、エレナは涙を拭い、リュシアンが戻ってくる前にと手早く兄の怪我を治して、部屋から送りだした。

適当な客室で夜を待つと言っていたが、大丈夫だろうか。

兄は良くも悪くも繊細で臆病な人だ。夜に怯えて、逃げだしてしまう可能性もないとは言いきれない。

――いっそ、そうしてくださったらいいのに……。

などと薄情なことを考えながら、エレナは窓辺の椅子に腰かけ、リュシアンを待った。

やがて走るような足音が近付いてきて、扉をあけて現れた彼は、エレナの顔を見るなり眉をひそめた。

「……何があったのですか？」

硬い声音で問われて、エレナは目を伏せる。

「……別に、大したことはないわ……」

「大したことでないのなら、殿下があのような顔をするはずがないでしょう？」

そう言ってリュシアンは足早に近付いてくると、そっとエレナの手をとった。

「教えてください。エレナ様、私はあなたの騎士です。あなたをお守りするのが私の役目。

あなたの憂いを払いたいのです。そのためならば、私はどのようなことでもいたします」

その言葉にエレナはピクリと肩を揺らし、顔を上げた。

「……どのようなことでも？」

「はい」

では、私を抱いてくれますか――喉元まで出かかった望みをエレナは奥歯を噛みしめて呑みこんだ。

リュシアンは、まだ治療の途中だ。

彼に多大な苦痛を強いるとわかっていて、兄に抱かれる前に抱いてほしいだなんて、とても言えない。

――でも、せめて……できるならば、口付けだけでも……。

そっと蝶がとまるような、一瞬のふれあいでかまわない。

初めての口付けだけは愛する人に奪われたい。

ジッと彼の唇を見つめて――エレナは目をつむり、グッと奥歯を噛みしめた。

この部屋で、初めてエレナの手にふれようとしたときのリュシアンの姿が目蓋の裏に浮かぶ。

青褪め、強ばった顔に震える指先。どれほど辛く、苦しかったことだろう。

あの苦痛を再び彼に強いるようなことはしたくなかった。

「……心配してくださって、ありがとう」

エレナは目蓋をひらき、スッと背すじを伸ばして微笑んだ。

「実は、私の結婚相手の候補をお父様が伝えにいらしたのです。けれど、あまりよろしいとは言えないお相手だったものですから……お兄様は私を心配してくださって、お父様をとめられなかったことを気に病んでいらっしゃるのだと思います」

慎重に言葉を選び、真実を織りまぜながら嘘をつく。

「……候補とは、どなたなのですか？」

「候補ですから、まだ教えられませんわ」

リュシアンの追及を笑顔で躱《かわ》すと、エレナは立ち上がり、腰かけていた椅子の肘掛けに手を添えた。

「……それよりも、治療のつづきをいたしましょう」

「エレナ様」

「申しわけないのだけれど、今日が最後になると思います」

リュシアンが驚いたように目をみひらく。

「なぜです？　縁談が決まるからですか？」

「……はい」とエレナは俯いた。

実の兄と交わった、穢れた身体を彼にふれさせたくない。だから、今日が最後。

「途中で投げだすようで心苦しいですが……ですが、今日はまだ大丈夫です。さあ、今日の内に少しでも先に進めましょう！」

精一杯明るい声を上げ、彼に笑いかけて――エレナは息を呑んだ。

アメジストの瞳の奥に広がる、深い絶望の色を目にして。

けれど、それはすぐさま長い睫毛に覆いかくされ、次に彼が目蓋をひらいたときには、憂いは消え去り、元のきらめく色彩を取りもどしていた。

「……わかりました。今まで、ありがとうございました」

「あ、いえ……お役に立てたなら何よりですわ」

穏やかに礼を言われ、エレナは戸惑いながらも微笑んだ。

あの一瞬のまなざしは、何だったのだろう。

ギュッと胸をつかまれるような、奈落の底を思わせる暗いまなざしは。

――それほど、治療を頼りにしてくださっていたの……？

ふと、エレナの頭に先刻、彼に言われた言葉がよみがえる。

あなたは私のただひとつの希望で救い、唯一絶対、最高の聖女なのです――あの言葉は、ただの慰めの言葉ではなかったのだろうか。

真意を探ろうと、エレナが恐る恐るアメジストの瞳をのぞきこもうとすれば、リュシアンは、それを拒むように、スッと目を細めて微笑んだ。

「では、エレナ様。残りわずかとなりますが、どうぞよろしくお願いいたします」
そう告げた彼の笑みは、いつもと変わらず優雅で美しい。
エレナは戸惑いながらも、先ほどのあれは見間違いだったのだろうと思いなおした。
自分との時間を惜しんでほしい、という願望が見せた幻だと。
――きっと、そうだわ。今日が最後の治療なのですもの……。
今は、余計なことなど考えず、リュシアンの治療に集中しよう。
そして、できる限り、彼の温もりや指の感触を覚えておこう。
シーツごしでもいい。この身に少しでも彼を刻みつけたい。
――明日の朝には、思いだせなくなるかもしれないけれど……。
じわりと目頭が熱くなり、涙があふれそうになるのをきつく目をつむってこらえると、
エレナは「では、始めましょうか」とリュシアンに微笑みかけた。

第四章　交配の夜

深夜、眩い月明かりが差しこむ部屋の窓辺。
響いたノックの音に、エレナは弾かれたように椅子から立ち上がった。
——ああ、ついに……！
扉を見つめながら、ゴクリと喉を鳴らす。
知らず身を守るように、シフトドレスの上に羽織ったガウンの前を掻きあわせていた。
ドクドクと耳の奥で激しい鼓動が響く。
今すぐ窓から逃げだしたいと思っても、冷たい格子がそれを許してはくれない。
いや、許されたとして、兄を置いてはいけない。
いっそ兄と一緒に逃げてしまおうか。
そんな考えが頭をよぎり、エレナはかぶりを振って追い払う。

——無理よ……逃げきれないわ……。

父は血眼《ちまなこ》になって、二人を見つけだそうとするはずだ。

そして、捕まれば、父はエレナへの見せしめに兄を半死半生の目に遭わせるに違いない。

——お母様だって置いてはいけないもの……やるしかないのよ、お兄様のためにも！

そう覚悟を決めて、ゆっくりと扉に近付き、ノブに手を伸ばしたところで、自分の手が震えていることに気が付いた。

逆の手でギュッと握りしめて震えを押さえこみ、エレナは自身に言いきかせる。

——大丈夫、大丈夫よ……いつかは、誰かとさせられることですもの。

そう、覚悟をしてきたつもりだった。あの父がエレナの心情を思いやってくれることはないだろうと。いつか父の選ぶ相手に抱かれなくてはいけないのだと。

それでも、まさか兄と番わされることになるとは思わなかったが……。

目の奥がつきんと痛み、視界が滲む。エレナは目をつむり、こみあげそうになる嗚咽をグッと呑みこんだ。

——泣いてはだめ。余計に辛くなるだけよ……！

大丈夫。灯りを消して、こんな風に目をつむっていれば終わるはずだ。

ふう、と息を吐き、目をひらいて、エレナはノブを捻る。

がちゃりと扉をひらいた先に、枝付き燭台《しょくだい》を手にした兄が所在なさげに佇んでいた。

「……こんばんは、お兄様」

強ばる頬をゆるめて、エレナは微笑みかける。いつものように笑えているだろうか。声の震えはどうにか抑えられたはずだ。

「どうぞ、お入りになって」

震える手を見られないように背中に回し、兄を招き入れる。

兄はエレナの傍らをすり抜けて、部屋の中ほどまで進んだところでチラリと寝台に目を向け、サッとそらした。

「……エレナ……私は……」

シフトシャツの上にガウンを羽織った兄は、先ほどのエレナと同じようにガウンの前を掻きあわせて震えている。

怖くてすくんでしまっているのだろう。

――お兄様は、怖がりだから……。

けれど、先刻は父に立ち向かい、一生懸命にエレナを守ろうとしてくれた。あのときもきっと、とても怖かっただろうに。

もうあのように殴られる兄を見たくない。

――やりますと言ったのは私ですもの……私が了承したのだから、私がお兄様を助けてあげなくては……。

エレナは震える手を握りしめて覚悟を決めると、やさしく兄に呼びかけた。

「……お兄様。まずは、灯りを消しましょうか」

兄の手が震え、燭台の炎が揺らぐ。

「……なるべく、言葉も交わさないようにいたしましょうね」

寝台の帳《とばり》を閉じて、黙って抱きあえば、何も見なければ聞かなければ、闇が明けた後も兄妹でいられるかもしれない。

グッと兄が俯く。震える背を見れば、彼が泣いているのだとわかった。

つられて涙があふれそうになるのを堪えて、兄を宥めようと手をのばしたそのとき。

力強いノックの音が静寂を砕いた。

ビクリと肩を震わせ、振り返ったエレナの耳に兄の呟きが届いた。

「寝酒を頼んだのだよ」

「寝酒、ですか？」

「飲まないと、こんなことはできないよ……！」

悲痛な兄の叫びに、エレナは胸が痛んだ。確かにそうだ。自分たちは、今から正気とは思えないことをしようとしているのだから。

だが、いったい誰を呼んだのだろう。このような場面を誰に見せられるというのか。

もう一度ノックの音が響くが兄は動かない。エレナも動けず、ジッと扉の木目を見つめていると不意にがちゃりとノブが回って扉がひらかれた。

エレナはハッと顔を上げて、言葉を失った。

燭台の灯りに照らされた世にも美しいかんばせを――自分の騎士の姿を目にして。

「……ぁ」

どうして彼が、どうしてここに。こぼれ落ちんばかりに目をみひらくエレナを、リュシアンは静かなまなざしで見つめ返すと、彼女の疑問に答えるかのように口をひらいた。

「殿下が寝酒を届けてほしいとおっしゃいましたので」

「っ、お兄様っ」

弾かれたように振り返ると兄は寝台に腰をおろしていた。

「……すまない、エレナ。でも、他に頼れる男などいなかったから……」

その言葉に、エレナの顔からサッと血の気が引く。兄は、どこまで話したのだろう。

呆然としていると、リュシアンはエレナの傍らをすりぬけて部屋に入り、扉を閉めた。

そして、そのまま兄の元まで歩いていき、手にした銀の盆をナイトテーブルに置く。

「……来てくれてよかったよ、リュシアン」

「……いえ。ご要望のウイスキーと……交接用の香油です」

二人が囁き交わす言葉を耳にしたエレナは声にならない悲鳴を上げて後ずさり、扉にぶつかってずるずるとしゃがみこんだ。

――どうして、お兄様……？

言わないでほしいと頼んだのに、どうしてこんなにも残酷なことをするのか。

――このようなところ、見られたくなかったわ……！

よりによってリュシアンに、兄と交わるための用意をさせるなんて。

涙に滲む瞳で兄を睨むが、彼は、わざとらしいほどにエレナから視線をそらしながら、

「注いでくれ、リュシアン」とショットグラスを片手に酌をねだった。

グラス半分ほど注がれた琥珀《こはく》色の液体が、吸いこまれるように兄の口に消えていく。

はあ、と息をつくと兄は空になったグラスをリュシアンに差しだした。

リュシアンは無言のまま、再びボトルを傾ける。

エレナはその様子をジッと見つめていたが、やがて、二杯目の酒を兄が呷《あお》るのを見届け立ち上がった。

そのまま、ふらふらと寝台に向かって歩いていくと水差しの横に置かれた空のグラスを取り、リュシアンに差しだす。

「……私にも、お願い」

兄の言う通りだ。飲まないと、できない。

けれど、エレナの騎士はゆっくりとかぶりを振った。

「エレナ様には強すぎますので……」

「……そう」

正気のままで兄に抱かれろというのか。目の奥が熱くなり、目の前が滲む。

涙で歪んだ視界の中、兄が喉を鳴らして、三杯目のグラスを空けていく。

やがて、パチリとまたたきをして涙の膜が消えて見えた兄は、すっかりと目元が赤らみ、母と同じ色の瞳がゆらゆらと危なっかしく揺れていた。

どうやら兄は、あまり酒に強くないようだ。

それでも、彼は、一刻も早く正気を失ってしまいたいというようにグラスを差しだし、リュシアンもそれを助けるように新たな酒を注いでいく。

そして、すぐさま兄はグラスを傾け、琥珀色の液体を喉の奥へと流しこむ。

エレナは空のグラスを握りしめ、潤む瞳で二人を見つめることしかできなかった。

また、兄のグラスに新たな一杯がなみなみと注がれて――。

「なぁ、リュシアン！」

不意に兄が声を上げ、グラスを顔の前に持ちあげてリュシアンに尋ねた。

「……これで、何杯目かな？」

「五杯目です」

「そうか、五杯目か……」

ポツリと呟き、兄は、かつての自分の騎士の顔をジッと見つめた。何かを問うように。

「……どうぞ、お飲みください」

リュシアンが答えるように促すと兄は「ああ」と頷き、ホッとしたように頬をゆるめ、一息にグラスを傾けた。

「あの、お兄様、そのような飲み方をなさっては――」

危ないのではないかと今さらながらの忠告を口にしようとしたときには、もうグラスは空になっていた。

燭台の薄明かりでもわかるほど真っ赤に染まった兄の顔を見て、エレナは不安を覚える。

「リュシアン、大丈夫なのですか？　お兄様は……」

傍らに立つ騎士に尋ねるが、リュシアンはジッと兄を見つめたまま答えない。

やがて、ふらふらと兄の頭が揺れだして、自分の体を支えられなくなったのか、グラリと傾いで寝台に倒れこんだ。

そして――聞こえてきたのは心地好さそうな寝息。

「……お、お兄様？」

声をかけるが反応はない。

「お兄様！」

寝台に膝をつき、肩をつかんで揺すっても起きる気配はなかった。

「……どうしましょう」

呆然とエレナは呟いた。

これでは、初夜など行えない。明日の朝までに済ませなくては、兄が去勢されてしまうというのに。

兄の寝顔を見つめて涙ぐんでいると、不意に背後で、コトンと物音が響いた。振り向くとリュシアンがグラスに琥珀色の液体を注ぎ、口元へと運んでいた。

「……リュシアン？」

先ほどの兄と同じく一息にグラスを呷った彼はそっと息をつき、エレナに向きなおった。

「私と違って殿下は、あまり酒が得意ではいらっしゃらないのです」

涼しげな顔で呟いたリュシアンに「え？」とエレナは首を傾げる。

「この程度の強さの酒ですとグラスに二杯が適量。三杯で酔いが回って四杯で酩酊《めいてい》、五杯も飲めば眠りこんでしまわれます」

どうして知っているのかなどとは聞かない。彼は元々兄の近衛騎士だったのだから。

「そして一度お眠りになれば、朝まで目を覚ますことはありません」

「そう、なのですか……」

「はい」と頷くと、リュシアンは寝台から兄を引きおこし、肩に担いで運んでいった。

エレナはどうしていいのかわからぬまま、彼の行動を見守る。

やがて、部屋の隅にあるクローゼットの前で足をとめたリュシアンは、その扉をひらいて膝をつき、兄を放りこんだ。

　どさりと転がる物音にエレナは目をみひらく。

「っ、リュシアン!?　何をしているのですか!?」

　リュシアンは答えることなく、クローゼットの扉を閉めて足早に戻ってくると、寝台に座りこんでいるエレナの前に立った。

　ジッと見下ろしてくるアメジストの瞳の奥、ゆらゆらと熾火《おきび》のような熱が揺れている。

　エレナは小さく喉を鳴らして、シフトドレスの裾を握りしめた。

「リュシアン、あの……」

「私が抱きます」

　頼りない少女の声を低い男の声が遮る。

「……え？　今、何と……？」

「私が抱く、と申しました」

　リュシアンは再び同じ言葉を繰り返すと、呆然と見上げるエレナにかまわず騎士服のボタンに手をかけた。

　純白の上着の前をはだけて、クラヴァットをゆるめながら、彼の視線はそれることなくエレナを見つめている。

「……本気で、おっしゃっているの？」

「もちろんです。今夜、純潔を失わなくてはならないのでしょう？」

「でも、どうして、あなたが……」

「殿下もおっしゃられていたではありませんか。他に頼れる男などいないと」

答える彼の瞳には確かな熱が燃えている。

けれど、その声音はいつになく緊張を帯び、どこか怯えたような響きも感じさせた。

見下ろすアメジストの瞳から目をそらせないまま、エレナは白手袋に包まれた彼の手が近付いてくるのをジッと息を詰めて見つめる。

兄は大丈夫だろうかと心配に思う気持ちはあったが、立ち上がって様子を見にいく間にリュシアンの気が変わってしまったらと思うと、この場を動くことも、彼から目をそらすこともできなかった。

――私たちへの同情なの？　それともお父様への義憤？　それとも……。

ほんの少しだけでも、エレナを女として求める気持ちも混ざっているだろうか。

肩をつかまれてシーツに押し倒されながら、エレナはギュッと目をつむり願った。

――ああ、どうか、そうであってくれますように！

この行為が、彼にとって苦痛なだけのものではありませんように、と。

ギシリと寝台が軋《きし》み、エレナは小さく身じろいだ。

彼女の腰を跨ぐように膝をつき、覆いかぶさってくる逞《たくま》しい身体がエレナの上に深い影を落とす。

翳る視界の中で、ドキドキと高鳴る鼓動を感じながら、エレナは愛しい男を見上げる。

リュシアンもそのまま動きをとめて、ジッとエレナを見下ろしていた。

やがて、彼は覚悟を決めたように静かに身を起こし、手袋に手をかけた。

右、左とじれったいほどの時間をかけて、ゆっくりと外していく。

エレナは何も言わずに待っていた。

焦らしているわけではなく、きっと今彼は自分の中にある女性にふれるという行為への嫌悪感や忌避感と必死に戦っているのだろうと思ったからだ。

ようやく両手分を外しおえたリュシアンは深々と息をつくと、手袋を寝台の隅へと投げ捨て、エレナに向きなおった。

「……お待たせして、申しわけございません」

恥じ入るように詫びられて、エレナは「いえ」と微笑み返す。

「おかげで、心の準備をする時間ができましたわ」

「エレナ様……」

彼は、ふ、と息をつめて、それから、たまりかねたようにエレナの頬に手を伸ばした。

そして――彼女の肌にふれる寸前でピタリととまる。

まるで、そこに見えない薄い壁があるかのように、あるいは、熱した鉄に手を近付けて熱気にすくんでいるかのように、あとわずかの距離が埋まらない。

エレナはそっと眉を寄せた。

彼女のほうから頬を寄せれば、二人の距離は一瞬で埋まるだろう。

とはいえ、それをしてしまったら、きっと彼を傷付けることになる。

――どうか、お願い……私にふれて。

ジッと息をひそめて祈るように見つめていると、やがて彼は小さな呻きをこぼし、手を引いた。

そしてそのまま自らの手首を握りしめ、ぶつぶつと何事かを呟きだす。

耳をすませば、その内容がわかった。

「……大丈夫、大丈夫だ……壊れたりしない……大丈夫だ」

必死に言いきかせるような声音にエレナは胸が痛んだ。

――ああ、やはり、辛いのだわ……。

ふれたら自分が壊れてしまうかもしれない、と怯えるほどに。

そのようなことは現実にはありえない。リュシアンほど屈強な男が非力な女にふれて、ふれられたところで壊れることなど。

大丈夫、壊れたりしません――と言ってあげたい。

けれど、先日、解任されてしまった母付きの医師が言っていた。

心の問題は理屈ではないのです――と。

以前、リュシアンは、幼いころに乳母にぎゅうぎゅうと潰れそうなほど抱きしめられて苦しかったと打ち明けてくれた。

そのときの気持ちが、こうして嫌悪や恐怖として甦ってしまうのかもしれない。

エレナは唇を噛みしめ、それから、フッと笑みを作ると彼の肩に手を伸ばした。

上着ごしにふれた途端、分厚い肩がビクリと揺れる。

「……リュシアン、どいてください」

やさしく告げれば、リュシアンはヒュッと息を呑み、直後、激しくかぶりを振った。

「っ、嫌です。できます。できますから――」

「ええ、わかっています。私も……抱かれるのなら、あなたがいい……」

消え入るような声で本音を口にすると、彼はまた小さく息を呑んだ。

「それでも、あなたを苦しませたくはないのです……ですから、準備をさせてください」

エレナを助けようとしてくれている彼を傷付けたくない。

「……準備？」

「はい。ですので、一度離れてください」

宥めるように願えば、リュシアンは、今度は素直に身を引いた。

「ありがとう、リュシアン」

エレナはガウンを脱いで寝台を下りると窓辺の片隅に向かい、以前、ラポメ夫人が見本にと置いていったシフォンの反物を手に取った。

買い取ることになるだろうが、ドレスには使えないだろう。

心の中で職人や民に詫びながら、くるりと腕にかけて広げる。

羽のようなさらりとした感触に目を細めると、エレナは両手で広げた布を頭から被った。

一瞬にして視界が白く翳る。

薄いシフォンを通して、寝台から立ち上がるリュシアンの姿が見えた。

シーツに慣れたばかりの彼には、まだ、早いかもしれない。

けれど、できることならば彼の姿を見ながら、抱かれたかった。

「……リュシアン」

呼びかけるが、リュシアンは寝台の傍らで立ちすくんだまま、様子を窺うようにこちらを見つめている。

あと、一押しが必要なのかもしれない。

――どうすればいいかしら……。

もう一枚被るべきか、それとも――と迷い、エレナはシフトドレスの襟に手をかけて、震える指で広げ、するりと肩からすべらせた。

途中で腰にひっかかった後、リネンの布が軽い音を立てて床に落ちる。

それにリュシアンが目を向けて、小さく喉を鳴らすのがわかった。

落ちた布からエレナへと戻った彼の視線にこもる熱が増したような気がして、エレナの鼓動が跳ねる。

「……っ」

窓から差しこむ月明かりが、やけに眩く感じられた。

今夜は満月なのかもしれない。

兄が持ってきた燭台の灯りは、いつの間にか消えていた。

暗がりから見つめる彼の目には薄布を通して、きっとエレナの仄白い裸身がよく見えることだろう。

エレナは小さく身を震わせると、そっと彼から目をそらした。

うろうろと視線をさ迷わせ、寝台に戻るべきか迷い、窓辺の椅子に目をとめる。

――少しでも、慣れた場所のほうがいいかしら……？

いつものように椅子に座り、布を被ってふれるのならば、彼も少しは楽だろうか。

エレナはチラリとリュシアンに目を向け、心を決めると月明かりに照らされた椅子へと近付き、その前で振り返った。

「……どうか、治療のつづきだと思って……ふれてください」

震える声で誘えば、リュシアンは一呼吸の間を置いて「はい」と答え、彼女に向かって歩きだした。どこか、酔ったような足取りとまなざしで。

ゆっくりと近付いてきた彼がエレナの前に立つ。

「では……失礼して、ふれさせていただきます」

いつもと同じ台詞。けれど囁く声には、いつもとは違う熱情がこめられているような気がして、エレナは小さく身を震わせた。

「はい。どうぞ……どこからでも、お好きにおさわりになって」

いつもと同じ言葉を返して、そっと睫毛を伏せる。

耳の奥でドキドキと鼓動が早鐘を打ち、じんわりと頬が熱を帯びていく。

やがて、その頬に彼の指先がふれて、両手で包みこまれた。

薄布ごしに彼の骨ばった指の感触も手のひらの硬さも体温も、これまでになくハッキリと感じられた。

それはリュシアンも同じなのだろう。

「……ああ、温かくて、やわらかい」

溜め息をこぼすように呟くと、指と手のひらに力をこめて、エレナの頬をするりむにりと撫でまわしてくる。

――あ、そ、そんなにぶにぶにしなくても……！

頬が潰れておかしな顔になっているのではないかと少しばかり心配になったが、エレナは努めて考えないようにして、ジッと身を任せた。

数分後、ようやく気がすんだのか、リュシアンは頬をこねる手をとめ、するりと親指を彼女の唇にあてがった。

あ、とエレナは吐息をこぼす。

指の腹で紅を刷くように上、下となぞられ、下唇の真ん中にあてがわれ、そうっと押しひらかれた唇のあわいに指先が沈む。

つい数時間前、シーツごしにされたのと同じ動き。

けれど、感覚はより鮮明で、鼓動の高鳴りもゾクゾクとした甘い痺《しび》れも、いっそう強く感じられた。

「……エレナ様、口付けてもよろしいですか？」

囁くように問われ、エレナは小さく喉を鳴らす。

「……ど、どうぞ」

答えて、あらためてギュッと目をつむれば、唇から離れた彼の手が頬へとずれて、上を向かされた。

ゆっくりと彼の体温が近付いてくる。

かかる吐息にふるりと身を震わせたとき、ふわりと何かが唇にふれた。

「……っ」

シフォンの向こうに感じた彼の唇は想像よりもずっと熱く、思ったよりもやわらかく、しっとりとしていた。

そっと重なったものが離れ、ほんの少し角度を変えてまた重ねられる。

繰り返す内に互いの吐息でシフォンが濡れて唇にまとわりつき、隙間に入りこんでくる。

それが邪魔で、ん、と舌で押しのけようとしたところ、エレナは勢いあまって彼の唇を舐めてしまった。

「──っ」

瞬間、リュシアンは息を呑み、焼けた鉄にふれたようにパッと身を離した。けれど──。

「あ、ご、ごめ──」

彼は、エレナが謝罪の言葉を口にするよりも早く、先ほどよりもいっそう強く、いっそ噛みつくように唇を重ねてきた。

今度は彼のほうから彼女の唇を舌先でなぞり、促してくる。

「……ん」

おずおずと舌を差しだせば布ごしにぴちゃりとふれあい、ぞくりと走った未知の感覚に、エレナは身を震わせる。

──今のは、何……？

ほんの少し、小指の先ほどの場所がふれあっただけなのに、唇をなぞられたときよりもいっそう甘く、官能的な痺れが走った。

怯えるように舌をひっこめると、ん、とリュシアンが残念そうに息をつく。

「……エレナ様」

ほんのりと熱を帯びた声で名を呼ばれ、エレナはまたひとつ身を震わせる。

それから、もう一度、とねだるように唇をなぞられて、たどたどしく彼の舌に応えた。

「……ん、……ぁ」

互いの口に布を押しこまぬよう、チロチロと舌先でじゃれあう。

やがて、軽く頬に添えたままだった彼の手が動いた。

右手はエレナのうなじへと回って、左手は背を撫でおり、ぐるりと腰に回る。

そうしてグッと抱きしめられ、背後の椅子の背もたれに背を押しつけられて、そのまま、すとんと椅子に座りこむ。

「っ、んんっ」

白く実ったやわらかなふくらみが彼の硬い胸にぶつかり、ふにゅりとつぶれる。胸の先に痛みにも似た疼《うず》きが走って、エレナの唇から色めいた呻きがこぼれた。

途端に、彼の息が乱れ、口付けがとける。

あ、とエレナは目をあける。はしたないと呆れられてしまっただろうか。

眉を下げながら、シフォンの向こうの彼と目を合わせて、ドキリと鼓動が跳ねる。

彼女を見つめるアメジストの瞳には、静かに滾《たぎ》る情欲の色が揺れていた。

ごうごうと盛る炎とは違う、まるで炭火めいた――隠れた火種が赤く爆ぜ、チリチリと燃えるような――押し殺した熱を感じさせるまなざしだった。

「……エレナ様は、感触も声も愛らしいのですね」

はだけた上着を脱ぎ捨てながら、うっとりと呟く声がエレナの耳をくすぐる。

「もっとあなたにふれてみたい。お胸にふれてもよろしいですか……？」

律儀に問われて、エレナはキュッと目をつむり、答えた。

「ど、どうぞ、お好きになさって……！　私の許可などいりませんわ……！」

「ですが……」

「大丈夫ですっ！　あなたにならばっ、どこをふれられても、何をされてもかまいませんからっ」

ぷるぷると子羊のように震えながら叫ぶ。

リュシアンは一呼吸の間を置いて「光栄です」と噛みしめるように呟くと、背を大きく丸め、エレナの胸に食らいついた。

「きゃっ、ん、んんっ」

胸の先を食まれ、ちゅくりと吸われて、唇が離れたかと思えば、ねっとりと舌でなぞられる。

そこで初めて、エレナは自分の胸の先が硬く芯をもっていることに気付いた。

凍えるような冬の朝に生理現象としてそうなったことはあるが、今は互いの体温で暑いくらいだと言うのに。

不思議に思ったのは最初だけ、彼の舌で唇で愛でられるうちに、快感にまぎれて忘れてしまった。

「――ぁあっ」

不意に、こりりと歯を立てられて、甘い痺れがエレナの胸の奥へと刺さる。

ぞわぞわとした痺れが背骨にまで響いて、じわりと下腹部に熱が灯るのがわかった。

「……ここもまた、愛らしい」

ふと顔を起こしたリュシアンに、スッと指先で乳暈をなぞられて、ピクリとエレナは肩を揺らす。

「……ぁ」

ぺたりと張りついた薄布を硬くとがった胸の先がピンと押しあげ、濡れたシフォンごしに薔薇色が透けてみえる。

「ん……ぅ」

そのさまは裸よりもいっそう淫らで、エレナの頬を熱くさせた。

薔薇色とミルク色の境目を辿るようにゆるゆると指でなぞられて、エレナは小さく吐息をこぼす。

淡い快感が心地好い。ずっとしていてほしいと思うくらいに。

けれど、繰り返されるにつれて何か物足りないような、ムズムズとした疼きがこみあげてくる。

もぞりと身じろいだところで、不意打ちのように、色付く突起をやさしく摘まれて、きゅうとひねられた。

「っ、あぁっ」

びりりと響いた強い痺れに、エレナは甘い悲鳴をこぼす。

その反応が気に入ったのか、リュシアンは唇の端を上げ、うっとりと目を細めた。

「エレナ様は感じ方まで愛らしいのですね……それにしても、やわらかいのもいいですが、この硬さもいい。癖になりそうです……」

そう呟きながら、彼はふるりと揺れるふくらみに指を沈めてやわりと揉むと、胸の先をつんと指の先でつつき、やさしく爪でひっかいてくる。

そして、淡い刺激にエレナが物足りなくなったところで、薔薇色の頂きを指や舌で嬲《なぶ》りはじめた。

指で摘まれ、くりゅくりゅとこねられるたびに、濡れて貼りついた布が、しゅり、と

こすれる感覚がくすぐったく、心地好い。

何度か繰り返す内にエレナの息は乱れ、下腹部に灯った熱が増し、ずくずくとした疼きが強くなっていった。

――ふれられてもいないのに……どうして？

なぜこのようなところが疼くのだろう。

エレナは不思議に思いながら、そっと臍《へそ》の下、なだらかな下腹に手を這わせる。

それに気付いたのか、リュシアンは濡れた音を立てて胸から顔を離し、床に跪いた。

「……ああ、お美しい」

さらりと垂れたシフォンに透ける華奢な身体の曲線を、熱のこもったアメジストの視線がなぞりあげる。

それから、リュシアンは蕩《とろ》けるような笑みを浮かべると、エレナの膝に唇を押しあてて上目遣いにねだった。

「エレナ様、ひらいていただけますか？」

「っ、ぇ……はい」

エレナは睫毛を伏せ、コクリと頷いた。

閨事《ねやごと》に関する知識は乏しくとも、そこが赤子の出てくる場所であり、交合の際にも使われる部位だということくらいは知っている。

きっと脚を閉じたままでは、子供を作ることができないのだろう。

――どれくらいひらけばいいのかしら……。

わからないが、きっともう充分となったらリュシアンがとめてくれるだろう。

そう考え、エレナは震える脚を広げた。

左右の膝が離れ、じりじりとその距離がひらいていく。

――うう、まだなの……？

やがて、肘掛けに脚がぶつかったところでとめると、それまでジッと見守っていた彼がエレナの両膝に手をかけ、ポツリと呟いた。

「……座ったままでは、思ったよりもひらけないのですね」

「え？」

「失礼いたします」

そう言うと、彼はエレナの膝裏をすくいあげ、ぐいと手前に引っぱった。

ずるりと尻がすべり、背もたれに後頭部がこすれる。

「きゃっ」

そして、次の瞬間、ひらいた膝をひょいと肘掛けにかけられて、エレナは声にならない悲鳴を上げた。

「～～～っ」

垂れさがったシフォンに覆われているとはいえ、秘すべき場所を愛しい男の眼前に曝《さら》けだすような格好に、カッと頬が熱くなる。

どうしてこんなことを――と思ったが、エレナは文句を言うことなく、ただ、赤らむ顔を白い手で覆った。

――ああ、仕方がないわ。何をされてもかまわないと言ったのは、私ですもの……！

きっと、彼と交わるためには必要なことなのだろう。

羞恥に身を震わせながらも身をゆだねると、リュシアンはエレナの膝から手を離して、さらりと腿《もも》の内側に指を這わせてきた。

シフォンがこすれ、しっとりと汗ばむ肌に貼りついて、やわらかな脚線が浮かびあがり、指でなぞった後を少し遅れて彼の唇が辿る。

「……ん、ぁ、……はぁ」

ゆっくり、じっくりと指と唇で検められているようだ。

どんどんと脚の付け根に近付いていくのがどうしようもなく恥ずかしくて、今すぐ逃げだしたいのに、心のどこかでは「早く」と急かしている自分がいた。

やがて、唇よりも一足早く、長い指がエレナの中心へと辿りつく。

「……んんっ」

指の腹で押された薄布が沈み、じゅくりと音を立てる。

ジンとした甘い痺れが走り、エレナは小さく喘ぎをこぼした。

いつの間にかあふれていた蜜がシフォンから染み出て、リュシアンの指を濡らす。

くちゅりと割れ目をなぞられれば、ぺたりと布が貼りついて乙女の形が浮きあがった。

ごつごつとした指が感触を確かめるように、するりぬるりと割れ目をなぞりあげる。

そのたびに、湿った水音と淡い快感が響き、エレナの息を乱した。

「……ここはまた、違ったやわらかさですね……それに、とても熱い」

小さく喉を鳴らしたリュシアンが、興奮と感慨が入り混じった声で呟く。

ひぅ、とエレナが羞恥に呻くと彼は指を離して、代わりに唇を押しあてた。

「──っ」

そのようなところに口付けるなんて、とエレナは心の中で悲鳴を上げる。

指の隙間から、そっと見下ろして、世にも美しい顔が自分の股間に埋まっている光景に目眩がしそうになった。

「んっ、あ、……ぁあっ」

ねっとりと熱い舌が割れ目をなぞりあげていき、ある一点に届いたところで、ぴりりとした快感が走る。

──え、今のは、何……？

自分のその場所をしかと見たことはないが、そこに小さな花の芽のようなものが付いているのは知っていた。

おそらく、そこを舐められたのだろう。

湯浴《ゆあ》みでふれたことはあるが、このような甘い痺れなどは感じなかった。

なのに、どうして——と戸惑いが浮かぶが、彼の舌が動いて新たな快感がもたらされると思考は乱れ、深く考えられなくなっていった。

ぷくりとふくれて芯をもった花芽を薄い布ごしに舐めまわされて、ちゅうと吸いあげられるたびに腰の奥へとジンとした快感が響く。

——ん、や、きもちいい……っ。

親猫が子猫を舐めるような熱心さで舌を使い、彼はエレナから快感を引きだしていく。

「ぁ、はぁ、んっ、んんっ」

花芽を舐る舌はそのままに蜜口に指があてがわれ、くすぐるように撫でられて、クッと浅く押しこまれる。

ぐぢゅりと響いた音に、もはや布など意味をなさないほど、しとどにあふれた蜜で彼の指を濡らしてしまっていることを思い知らされて、エレナは「うぅ」と呻きをこぼすと、顔を覆う手にいっそう力をこめた。

蜜口を指で、花芽を舌と唇とごくたまに歯で嬲られ、愛でられながら、エレナはふたつの快楽に翻弄される。

指がもたらす感覚は、むず痒く疼きにも似た快感で、舌が与えてくれるそれは、ズキリと腰の奥に刺さるようだ。

絶え間なく与えられる甘い痺れが下腹部にこもり、高まっていく。

彼の愛撫は決して激しくはない。

けれど、エレナの鼓動はドクドクと破裂しそうに速まり、吹き出す汗で濡れた肌にシフォンがまとわりつき、その感触さえも心地好く感じられた。

響く水音が高くなり、ぼうっと頭が蕩けていく。

つま先にきゅうと力がこもり、身体が震えはじめる。

やがて、痛いほどに張りつめ、ヒクヒクと痙攣する花芽をひときわ強く、ぢゅっと吸いあげられて――その瞬間。

「ぁ、ぁっ、ふっ、～～っ」

ぶわりと下腹部で爆ぜた熱が全身へと広がり、抜けていった。


「……大丈夫ですか、エレナ様」

やさしく問う声が耳に届いていたが、エレナは、すぐに言葉を返すことができなかった。

絶頂の余韻の甘い痺れが、残り火のように下腹部にくすぶり、既に彼の指も舌も離れているのに、ふれられていた場所が、ずくんずくんと疼いている。

いや、ふれられていた場所とは少し違う。

もっと奥、彼の舌がふれていない場所が熱をもっているのだ。

エレナは渇く喉を潤すように、こくんと喉をならして唾液を呑みこむと、リュシアンに微笑みかけた。

「……大丈夫です。大丈夫、ですから……その……」

この先へ進みたい。口に出して願わずとも、彼は感じとってくれた。

「……はい。……失礼いたします」

骨ばった指がエレナを覆うシフォンの裾を摘まみ、ゆっくりと持ちあげる。

ここから先は、布を被ったままでは行えない。

あふれる蜜と唾液に濡れた布はじっとりと肌に貼りつき、そっと引きはがされるときには、ぬちゃりと湿った音が響いた。

両脚にかかる布はそのままに、その部分だけ。

遮るものなくさらけ出された場所に彼の視線が刺さる。

見つめるまなざしの熱さに、リュシアンも興奮してくれているのだと思うと、ずくりとした痛みにも似た疼きが走り、ひくりと蠢《うごめ》いたそこが新たな蜜を吐くのがわかった。

それに気付いたのか、リュシアンの喉がゴクリと動く。

エレナは、ふるりと羞恥に身を震わせ、ギュッと目をつむった。

閉じた視界の中、ベルトがこすれる音、衣擦れの音が響く。

ふ、と小さく息をついた彼が立ち上がる気配がして、それから、とん、とエレナの頭上で振動が響いた。彼が椅子の背に手をついたのだろう。

次いで、リュシアンは座面の端に右膝をついた。頑丈な造りとはいえ、二人分の体重を受けとめた椅子の足がミシリと軋んだ音を立てる。

――目をあけても、いいのかしら……。

こういうときはどうするべきなのだろう。

ドキドキと迷うエレナの耳に、荒い男の息遣いが届く。

シフォンで包むように太ももを抱えこまれ、広げた脚の間に近付く熱を感じて、エレナはコクリと喉を鳴らす。

そして、雌雄がふれあおうとした瞬間――ピタリとリュシアンの動きがとまった。

しばしの間彼の呼吸に耳をすまし、少し迷ってから、そっとエレナは目をひらいた。

シフォンの向こう、ジッとこちらを見つめる彼と目があい、あ、と眉を下げる。

アメジストの瞳には滾るような熱と、色濃い恐怖の色が揺れていた。

目を凝らせば、彼の頬は強ばり、額には、びっしりと汗の粒が浮かんでいる。

――ああ、やはり、無理なのかしら……。

頼りない薄布一枚であっても、彼にとっては鎧にも等しいものだったのだろう。

それがなくなった今、彼が感じている苦痛を思うと、エレナは胸が締めつけられた。

「リュシアン、あの……」

辛いのならば無理をしないでほしい。

口にしようとした言葉は、シフォンごしの口付けに阻まれた。

「……ええ、辛いです。ですが、あなたを抱きたい」

呻くように言われて、エレナは息を呑む。

「あなたを抱きたいのに、あなただと思うとふれるのが恐ろしいのです」

「……私だと思うと？」

どういう意味なのだろう。生身の女だと思うと怖くなるということだろうか。

「あなたと目を合わせて、声を聞いて……抱きあいたいのに……！」

悔しげに告げる彼の表情はひどく苦しそうで、胸が痛くなる。

その一方で、それでもエレナから離れようとしないことを嬉しいと思ってしまう。

エレナはシフォンの下で微笑み、やさしくリュシアンに語りかけた。

「リュシアン、クラヴァットを外してください」

「……クラヴァットを？」

「はい。それで、あなたの目を塞いで。見えなければ、少しは楽になるでしょう？」

ただ目をつむるよりも、うっかり目をひらいても見えないほうが安心だろう。

「私だと思わないで、ここにあるのは……人形だと思って抱いてください。……声も出さないようにしますし、動かないようにもしますから」

「そんな……っ」

「お願いです。私も、あなたに抱かれたいのです……どんな形でもいい。あなたと結ばれたい。ですから、どうか……！」

すがるように願えば、リュシアンは唇を噛みしめ、俯いた。

けれど、一呼吸の間を置くと覚悟を決めたように顔を上げ、クラヴァットに手をかけた。

しゅるりと外して目を覆い、頭の後ろに回して、キュッと結ぶ。

そうして、ホッと息をついた彼が手探りでふれてくるのに、エレナは微笑を浮かべて、そっと目蓋を閉じた。

間違えて彼にふれてしまわないように、声がもれないように両手で口を覆うと、脚を抱えあげられ、逞しい身体が覆いかぶさってくる。

「……っ」

くちゅりと押しあてられたものは焼けるように熱く、硬かった。

濡れた肉がふれあう生々しい感覚に、エレナが小さく身を震わせてしまった瞬間。

は、と彼が息を吐き、グッと腰を押しつけてきた。

「――っ」

ぴりりと裂けるような痛みが走り、思わずこぼれそうになった悲鳴を、エレナはきつく奥歯を噛みしめて堪えた。

硬くそりかえった灼熱《しゃくねつ》の杭が、みちみちと入り口を押しひろげ、柔い肉を割りひらいて何者もふれたことのない場所へと入りこんでくる。

ズキズキとした痛みと途方もない幸福感と共に。

やがて彼の切先が奥に突き当たり、とちゅんと胎に軽い衝撃が響いた。

「……エレナ様、お痛みはございませんか？」

かすれた問いかけに、エレナは答えなかった。

エレナの脚を抱える彼の指が、腕が、緊張を帯びて強ばり、微かに震えていたから。

彼が「自分が何を抱いているのか」を思いださないですむように、ジッと黙って動かずにいた。

たっぷりの間を置いてから、リュシアンは大きく息をつくと、ゆっくりと動きはじめた。

張りだした切先がごりごりと隘路《あいろ》をこすり、薔薇色の粘膜をまくり上げ、あふれる蜜をかきだしていく。

そして、抜け落ちる寸前で踏みとどまり、戻ってくる。

ゆるい抜き差しが繰り返される内に身体が馴染んだのか、ズキズキとした痛みは薄れ、種火のような快感が灯る。

これならどうにか堪えられそうだと安堵したところで、不意に脚の付け根に走った快感に、エレナは目をみひらいた。

「っ、——っ」

パチパチとまたたきをして見れば、リュシアンの手がシフォンごしに散々可愛がられた花芽にふれていた。

そろりと指の腹で撫でられ、きゅんと快感に締めつければ、ビクリと彼が身を震わせる。

——忘れていいと言ったのに……。

人形相手なら、このようなことをする必要はない。

——大丈夫かしら……？

彼の息づかいが荒々しさを増すのに、エレナは眉をひそめる。

けれど、心は喜びに高鳴っていた。

リュシアンのほうこそ苦しいだろうに、少しでもエレナに悦びを与えようとしてくれることが嬉しい。

愛しさが痛みを忘れさせ、強ばっていた身体から力が抜ける。

それを彼も感じとったのか、少しずつ律動が激しくなっていった。

「っ、ふ、……っ、～～っ」

そりかえった物で奥を穿ちながら花芽をくすぐられ、ぐちりと押し潰されて、痺れるような快感に身悶えしたくなるのを、エレナは必死に堪える。

彼女の身体が蕩けるにつれて、抜き差しのたびに聞こえる水音が粘り気を増していく。

ふくれた熱杭を大きく引きぬき、ずんと突きいれられれば、隙間から押しだされた蜜が、ぶちゅりとあふれ、エレナの尻を伝ってシフォンを濡らした。

「……はぁ、はっ、はぁ」

月明かりに満ちた部屋に、ぎしぎしと椅子が軋む音と濡れた水音、荒々しい男の息づかいが響く。

弱い花芽を嬲られ、柔い体内を蹂躙《じゅうりん》されながら、エレナは快感が高まるほど、いっそう強く手のひらを口に押しあてて喘ぎを噛み殺し、目の前の男の身体にすがりつきたくなる衝動を抑えこんだ。

「っ、……ぅ、……ふっ」

名前を呼びたい。呼んでほしい。

きつく抱きしめあい、口付けあえたなら、もっと幸せだろうに。

思いながら、そっと目をひらいて、エレナはシフォンごしにリュシアンを見つめた。

クラヴァットで目を覆ったまま額に汗を滲ませ、ぎりりと奥歯を噛みしめるようにして腰を振る彼の姿は苦しげで、少しばかり滑稽で、普段の優雅な姿からは想像もつかない。

それでも、こうまでして抱いてくれたのだと思えば、ジンと泣きたくなるほどの嬉しさがこみあげてくる。

――いいえ、幸せよ。これで充分、幸せだわ……！

感極まった心に身体が追いつこうとするかのように、快感が鮮明さを増す。

悦びに震える身体が彼の杭を抱きしめるように絡みつき、きゅんと締めあげれば、彼が
小さく身を震わせ、形のよい唇から艶めかしい呻きがこぼれた。

ずずっと大きく引きぬかれ、あ、と身構えた瞬間、ぶちゅんと突き刺されて、エレナの胎の奥で渦巻く快感が弾けた。

「っ、あ、～～っ」

頭が白く染まり、手のひらの下で甘鳴が弾ける。知らず背がしなり、つま先が跳ねた。

エレナの反応にリュシアンは息を呑み、弾かれたように身を引いた。

けれど、グッと奥歯を嚙みしめる気配がしたと思うと次の瞬間、がしりと腰をつかまれ、抜け落ちる寸前だった杭が深々と突き立てられて。

「ぐっ、ぅ、……ふ、っ」

叩きつぶされた最奥で、どくりと彼の雄が爆ぜた。

「っ、ぁ、はぁ、……ん」

腰に食いこむ彼の指が震えていることに胸が痛む。

それでもエレナは、とくりとくりと注ぎこまれる熱に、愛しい人と結ばれた喜びを嚙み

しめずにはいられなかった。

「……エレナ様、抜きますすね」

かすれた声が鼻先で聞こえて、エレナは陶酔から我に返った。

「ぁ、はい――っ、んんっ」

体内を埋めていた質量がずりずりと抜けていき、ぬちゅりと音を立てて繋がりがとける。

ん、と息をついてエレナは顔を上げた。

シフォンの向こうで、リュシアンがクラヴァットの目隠しを外し、汗に濡れた髪をかき上げる。

気怠《けだる》げに息をつく姿がどこか淫靡《いんび》に感じられ、とくりとエレナの鼓動が跳ねた。

この美しい人に肌を見せ、抱かれた――少しばかり歪ではあったが――のだと思うと、今さらながらに気恥ずかしさがこみあげてくる。

それと同時に、いまだに自分が豪快に脚をひらいたままであることを思いだして、エレナは慌てて肘掛けから足を外し、そそくさと膝を閉じた。

「あ、あの……その、ありがとう、リュシアン。おかげで助かりました」

はにかむように微笑みかければ、彼はパチリと目をみはった後、不意に眉をひそめた。

険しい表情で見つめられ、エレナの胸に不安がこみあげる。

——ああ、どうしましょう。今の言葉、何かおかしかったかしら……？

ドキドキとしながら彼の次の言葉を待っていると、やがてリュシアンは何かを決意したように視線を強め、引き結んでいた唇をひらいた。

「……エレナ様、ここを出ましょう」

彼が口にしたのは、予想だにしない提案だった。

「え？」

「あなたを、このようなところに置いておきたくない」

言葉を失うエレナの手をシフォンごしに握り、リュシアンは真剣なまなざしで告げる。

「今はまだ無理ですが、いつか必ず、堂々とあなたにふれられるようになってみせます。ですから……私の妻になってください」

「妻に……？」

呆然と言葉を繰り返すと「はい」と一瞬も迷うことなく彼は頷いた。

——私が、リュシアンの妻に……？

求婚されたのだと一拍遅れて理解して、ふくれあがる歓喜と共にエレナの胸に浮かんだのは「どうして？」という疑問だった。

どうして今、突然。身体を重ねたから、責任を取るつもりなのだろうか。

高鳴る鼓動が「早く頷いて！」と急かすが、エレナは動けなかった。

――だめよ。できない。

父が許さない。どれほど罵られ、殴られるだろう。考えるだけで身体が震えそうになる。リュシアンのほうも無事ではすまないはずだ。横暴な父は王権を振りかざして、彼の家を取りつぶしにかかるかもしれない。

求婚に頷けば、彼と、彼の家にどれほどの迷惑を掛けることになるか。

――そうよ。だめよ。それに……もう、私でなくてもいいはずだもの。

エレナを抱けたのだから、同じ方法で他の女性を抱くことができるはずだ。

危険を冒してまで、エレナを娶る必要はない。

悲しいほどに冷静な頭が「ご迷惑よ。断りなさい」と命ずる。

リュシアンの幸福のためには、きっとそれが正しい。

それなのに、どうしても断りの言葉を口にすることができなくて……。

長い長い沈黙の後、ようやくエレナが絞りだしたのは猶予を願う言葉だった。

「少し……考えさせてくださいますか？」

ぎこちない笑顔ではぐらかすと、リュシアンは「そうですか」と呟き、エレナの頬に手を添えて、真意を探るように、薄布を通して彼女の瞳をのぞきこんだ。

エレナは、俯いてしまいたくなるのをこらえて、その視線を受けとめた。

本当の願いは口に出せずとも、想いを感じとってほしくて。

やがて、フッと彼の目元がゆるむ。

「……わかりました。色よいお返事をお待ちしております」

優雅に微笑み、甘く囁くと、リュシアンはシフォンごしにエレナの唇に口付けをひとつ落としたのだった。

＊　＊　＊

ヒバリの囀りにエレナが目を覚ましたとき、寝台の上にリュシアンの姿はなかった。

彼が清めていってくれたのか、汗やら何やらでぬるついていた肌はさらりと乾いている。

シフトドレスも元通りに着せられ、何事もなかったかのように整えられていた。

――夢では、ないわよね……。

いまだに疼くような熱とチリリとした痛みが残る下肢、白いシーツの上で鮮やかな色を失い、くすんだ暗褐色へと変わった血痕が、夢ではないと教えてくれる。

点々と散った血の跡はエレナがこぼしたものではない。

あの後、落ちつきを取りもどしたリュシアンは、エレナを寝台に運びシフォンをかけて再び彼女を鳴き喘がせた。

情交の跡が寝台に残っていないのは怪しまれるだろうからと。

そして、たっぷりと彼女の体液を吸ったシーツに、自らの腕から血を滴らせたのだ。手袋をしているので指でも目立たないだろうが、万が一疑いを抱いた王に検められたら困るからと言って。

「破瓜だけは寝台にお運びしてからと思っていたのですが……うっかりしておりました」

と謝られたが、それだけ、あのときの彼は精神的に余裕がなかったのだろう。

――それでも、諦めずに抱いてくださったのよね……。

寝台では一方的に喘がされて終わったが、それでも、充分だ。

シーツに手を這わせながら、じんわりと胸が温かくなり、いっそう彼への想いが募る。

――朝まで一緒にいられたなら、もっとよかったのに……。

こみあげる寂しさを、エレナは、ゆるりと頭を振って追いはらった。

彼は兄の身代わりに抱いてくれたのだから、いなくなるのは当然のことだ――と考えて、ハッとエレナは顔を上げた。

――ああ、そういえば、お兄様！　まだクローゼットの中に!?

風邪など引いていないといいのだがと、急いで寝台からおりようとしたエレナは、くちゅりと脚の間から響いた音に、あ、と頬を赤らめた。

熱の残る場所から、とろりとあふれたものが腿の内側を伝い、床へと滴っていく。

どうやらここは、そのままにして行ったらしい。

どうしてだろうかと考えて、ああ、と思い至る。

父は昨日、番ったかどうかをサミュエル医師に確かめさせると言っていた。

きっと、これが交わった証となるのだろう。

この状態を医師に確認されるのかと思うと、途方もない羞恥と屈辱がこみあげる。

けれどエレナは、ふるふるとかぶりを振って、暗い気持ちを追いはらった。

愛する人と結ばれた朝なのだ。今は、ただ喜びだけを噛みしめていたい。

エレナは、ふう、と大きく息をつくと、寝台から立ち上がり、クローゼットに向かって歩いていった。

なぜだか足に力が入らず、ヨロヨロと一歩ずつ踏みしめるようにして目的地に辿りつき、恐る恐る扉をあける。

「……お兄様、あの……ご無事ですか？」

クローゼットの床でドレスに埋まるように丸まっていた兄が、ゆっくりと身を起こす。

「……やあ、おはようエレナ。……今日は君にとって、幸せな朝かい？」

しょぼしょぼと目をまたたかせながら、やさしく問われる。

一呼吸を置いて、その意味に気付いたエレナは、ポッと頬が熱くなった。

「……はい」

消え入るような声で答えれば、ふわりと兄は微笑んだ。

「そうか……よかった。上手くいったのだね」

満足そうな兄の言葉にエレナは気付いた。

きっと昨夜、兄はわざと酔いつぶれたのだろう。

事情を知るリュシアンに自分の身代わりに妹を抱かせるため、エレナには想いを遂《と》げる機会を与えるために。

「……お兄様……ありがとうございます」

「いや。礼を言うのは私のほうだよ」

そっと手を取りあって笑みを交わすと、兄はふらふらと立ち上がった。

「……もうすぐ、サミュエル先生が来る。寝台に戻ろう」

「……はい」

真実はどうであれ、これで自分は「兄と交わった妹」ということになるのだと思えば、心が沈みそうになる。

けれど、エレナは強いて明るく兄に笑いかけた。

「上手くごまかしましょうね、お兄様！」

兄は一瞬目を伏せて、そっと上げると「そうだね」と穏やかに微笑んだ。

やがて、部屋を訪れた父の主治医――サミュエル医師は、寝台の前に並び立つエレナと兄を目にするや、皺深い顔をひどく痛ましげに歪めた。

「……何と残酷な」

耳に届いた呟きに、エレナはそっと睫毛を伏せる。

ゆっくりと近付いてきた老医師は、二人の背後にある寝台へと目を向けて、シーツに散った血痕を見つけたのか「ああ、何ということだ……」と嘆きをこぼした。

二十年に亘《わた》って宮廷に仕える彼は兄妹を幼いころから知っている。エレナが聖女の力に目覚める前は、父に暴力を振るわれた兄の手当てをするのは彼の役目だった。

根はやさしい人間のようで、時々、父の目を盗むようにして菓子や玩具を兄に与えては、それを持って兄がエレナに会いに来てくれたりしたものだ。

我が子のように――というほどの思い入れはないだろうが、幼いころから見てきた子供たちが人の道を踏みはずしたことに、老医師は強い衝撃を受けているようだった。

重たい空気に堪えかねて、エレナはおずおずとサミュエル医師に呼びかけた。

「あの、サミュエル先生……その、ご確認を……お願いします」

震える声で告げた途端、サミュエル医師はパッと手を伸ばしてシーツをつかむと一気に引きはがした。

そのままバサバサと折りたたむと小脇に抱えこみ、兄妹に背を向ける。

「……先生？」

「……陛下には、つつがなく初夜の儀は執《と》り行われましたと、お伝えいたします」

戸惑うエレナの呼びかけに、サミュエル医師は低い呟きを返すと振り返ることなく歩きだした。

やがて、老医師の細い背が扉の向こうに消えて、足音が遠ざかっていく。

何とも後ろめたい気まずさが残り、エレナは、小さく息をついた。

傍らで兄も同じように溜め息をこぼす気配がして、フッと顔を見合わせ、微笑みあう。

「……ごまかせましたね、お兄様」

「そうだね。……たぶん」

言葉を交わして、またひとつ、そろいの息をつく。

ひとまずこれで大丈夫。この先のことを思えば手放しに喜ぶことはできないだろうが、それでも、ひとまずは終わった。

──ああ、よかった……。

胸の内で呟いて、試練の一夜を乗りきった安堵と愛する人と結ばれた幸福を、エレナはそっと噛みしめたのだった。

第五章　二度目の恋

リュシアンが兄の身代わりを務めた夜から七日後の午後。

エレナは私室で一人、刺繍をしながら物思いに耽《ふけ》っていた。

窓辺の椅子に腰をおろして、ちまりちまりと刺繍針を運び、絹のハンカチーフに菫の花を描いていく。

室内にリュシアンの姿はない。今日は月に一度の休暇で、彼はヴェルメイユ家の本邸に帰っているのだ。

何でも、昨年立ちあげたレース工房の件でヴェルメイユ侯爵と話があるらしい。

いつも通りであれば、明日の朝には帰ってくるはずだ。

ヴェルメイユ家のカントリーハウスまでは、ここから馬車で八時間ほどかかる。

休日になるとリュシアンは朝方離宮を出て領地に向かい、父親と話をした後、夜の内に向こうを出て王都に戻り、タウンハウスで仮眠を取ってから離宮に出仕してくるのだ。

――今回は、なるべく早く帰ってくると言ってくださったけれど……。

無理はしてほしくないが、今すぐにでも会いたいと思ってしまう。

――私も、ずいぶんと贅沢になったものだわ……。

以前は騎士として仕えてくれるだけで充分だと弁えていられたのに。

彼のやさしさに甘えては迷惑をかけてしまうとわかっていても、いつでも、いつまでも傍にいてほしいという気持ちが日に日に強くなっている。

――たった一度抱かれただけ、彼は責任をとろうとしてくれているだけなのに……。

あれ以来、彼の治療の内容もだいぶ変化している。

シーツがシフォン生地になり、彼のふれ方も今までの形を確かめるようなものとは違う、口付けや抱擁を含んだ色めいたものになった。

抱いてはもらえないが、それでも、リュシアンがただの近衛騎士であることをやめて、エレナとの関係を一歩踏みこんだものへと進めようとしているのはわかる。

彼は本気でエレナを娶ろうと――離宮から救いだそうと考えてくれているのだ。

それなのに臆病な心が邪魔して、あの夜の答えを彼に返せぬまま、ずるずると今日まで来てしまった。

「ああ、どうすればいいの……！」

本日何十回目かの嘆きをこぼしながら、最後の一針を刺し、裏目に糸をくぐらせる。

それから糸の始末をして、エレナは刺繍枠を膝に置いた。

ふう、と息をつき、顔を上げると目の奥と首の後ろがズキリと痛んだ。

マントルピースに置かれた時計を見れば、午後四時を回っていた。昼食後から始めて、どうやら二時間ほど熱中していたらしい。

ううん、と目頭を揉んでから、目をつむり、軽く首を回してみる。

パキパキと首の付け根で鳴る音を聞きおえると、またひとつ息をついて、遠くを見ようと窓に目を向けた。

ひらいた上げ下げ窓の外、見える空には雲ひとつない。

けれど、その空は白く塗られた鉄の格子によって細長く切りわけられている。

冷たい鉄の格子に父の顔が浮かんで、エレナは思わず目をそらす。

そして、一呼吸を置いてから、もう一度、格子の向こうの青い空を見上げた。

——出ていっても、いいのかしら……？

空を見つめながら、そっと胸元に手をやって、指先にふれたのは小さな翡翠のりんご。

今朝、このネックレスを着けてくれながら、リュシアンはエレナに告げた。

「ヴェルメイユ家のタウンハウスに、あなたの部屋をご用意しました」と。

え、と目をみひらいたエレナに、彼は鏡ごしに微笑んだ。

「ここから馬車で二十分ほどの場所にあります。月に一度の王妃様の治療に通うのに便利な立地だと思いますよ」

そう言って、ネックレスの金具を留めると、イヤリングを手に取って笑みを深めた。

「いつでも、何でしたら今すぐにでも、身ひとつで来てくださってかまいません。お贈りした装飾品の予備もそちらにございますし、お召し物のご用意もたんとございます」

いったい、いつの間にそのような準備を進めたのだろう。

エレナが唖然としていると、リュシアンは手にしたイヤリングをそっと鏡台に置いて、エレナの傍らに膝をつき、その手を取った。

「……お心を決めてくだされば、後は私が動きます。あなたは決めるだけでいい。どのような手段を使ってでも、必ず、あなたをここから連れ出します」

まっすぐに見つめながら告げられた言葉が震えるほどに嬉しくて、けれど、すぐに父の顔が頭をよぎって、エレナは思わず目を伏せてしまった。

そのときは結局頷けず、あの夜と同じように「考えさせてほしい」としか言えなかったが――リュシアンの言う通り、離宮にいなくても、月に一度の母の治療はできる。

彼の手を取り、ここを出ていくことを、本気で考えてもいいのではないだろうか。

――お兄様も、そうしなさいと言ってくださったけれど……。

リュシアンは兄にも求婚のことを打ちあけたようで、兄は瞳を潤ませながらエレナの手を握りしめ、「おめでとう！　ようやく、ここから出られるね！」と喜んでくれた。

それからリュシアンの手を握って「そうなったら、また私の騎士に戻ってくれ！」と、気の早い、呑気なことを言っていた。

本当にリュシアンに嫁ぎ、王となる兄を夫婦で支えていけたら、どれほど幸せだろうか。

──望んでも、いいのかしら……。

リュシアンは「決めるだけでいい」と言ってくれた。後は自分が動くと。

甘えてもいいのだろうか。父に逆らい、愛しい人とその生家に迷惑をかけるとわかっていながら、その腕に飛びこんでも許されるだろうか。

──怖いわ……とても怖い。

自分が不幸になるのはかまわない。けれど、愛しい人を不幸にはしたくない。

この先、彼はエレナの手を取ったことを後悔しないだろうか。

そう考えると臆病な心が答えを出すことを拒むのだ。

──ああでも、答えを出さなくとも、彼を苦しめるのは変わらないかもしれない。

いつもならば、もう何日か経《た》てば月の障りが訪れる。

予定通りに来てしまえば、父は懲りずにエレナと兄を交わらせようとするだろう。

そのときには、もう一度、リュシアンに助けを求めることになる。

そうなれば、また辛い思いをさせることになってしまう。

——あの夜は、本当に苦しそうだったもの……。

青褪め、冷や汗を滲ませて「ふれるのが怖い」と言いながら、それでも彼は怖れを乗りこえ、エレナにふれてくれた。あのとき、どれほど嬉しかったか。

——私もリュシアンのように、乗りこえなくてはいけないわ。

彼が示してくれた勇気と誠意に応えるために、もう少しだけでも、勇気を出して変わるべきだろう。

膝の上の刺繍枠をキュッと握りしめ、刺された菫の花に視線を落とす。

鮮やかな青紫。彼の瞳と同じ色を持つ花を見つめて、エレナは心を決めた。

リュシアンが帰ってきたら求婚の返事をしよう。

あなたが好きです。あなたの妻にしてください——と。

そう、勇気を出して伝えようと。

決意を胸にリュシアンの帰りを待ち詫びながら日が暮れ、夜が更けて。

そして、そろそろ日付が変わろうとするころ。

鳴り響いたノックの音で、エレナは幸福な眠りから叩き起こされ、大急ぎで深夜の王宮へと向かうことになった。

＊　＊　＊

午後四時。エレナが刺繍枠を手に、窓辺で物思いに耽っていたころ。

リュシアンを乗せた馬車は、ヴェルメイユ家のカントリーハウスに着こうとしていた。

月に一度、リュシアンは本邸に帰り、父と事業の話をすることを習慣としている。

けれど、今日の目的はエレナとの結婚について父に伝えることだった。

本当は、あの初夜の後、すぐにでも父と話をしたかったのだが、常と違う行動を取れば王が不審に思うかもしれないと考え、今日まで待ったのだ。

ガタリと馬車が揺れ、リュシアンは客車の窓から外を窺う。

門楼をくぐった先、真っすぐに伸びた石畳の路の向こうに三階建ての館が見える。

左右対称に設計されたレンガ造りの館は、三百年も昔にヴェルメイユ家の始祖が建てたものだ。

館と庭を囲む胸壁や厳《いか》めしい門楼と併せて、瀟洒というよりも堅牢《けんろう》という言葉が似合うデザインは良くいえば古式ゆかしい、悪くいえば時代遅れなものだ。

幼いころは「もっと洒落《しゃれ》たものに建てかえては？」と父に言ったこともある。

だが、今では、これでいいと思っている。

この館はヴェルメイユ家が持つ長い歴史の証であり、それは商売の役に立つ。

それに――とリュシアンは館を見つめて、わずかに眉をひそめる。

一時の感情に駆られて壊してしまえば、二度と元には戻せない。

それがどれほど罪深いことか、彼は身に染みてよくわかっていた。


「――おお、帰ったか息子よ！」

玄関前で馬車が停まり、リュシアンが地面に降りたつと同時に屋敷の中から大柄な男が飛びだしてきた。

「見ろ！　工房の最新のレースだ！　ここまで上等なものができるようになったぞ！」

逞しい長身を包む新緑の上着。その肩に太い腕に無数のレースをひっかけて、ひらひらと揺らしながら得意満面にポーズを決めている風変わりな男。

彼こそがヴェルメイユ家の現当主であり、リュシアンの父――ゴダール・ド・ヴェルメイユ、その人だった。

白銀の髪も紫の瞳もリュシアンとよく似ているが、顔つきはだいぶ厳めしい。

「……父上、相変わらず、お元気そうで何よりです」

「はっはっは！　元気だとも！」

五十も半ばを過ぎたというのに総身に精気がみなぎっている。笑い声も実に豪快だ。

「おまえもいつもより顔色がいいな！　何か良いことでもあったのか？」

「ええ。さすが、目ざといですね」

リュシアンは微笑を浮かべて、父に告げた。

「父上、お伝えしたいことがあります」

父は息子の顔つきから、それが内密な話だと察したのだろう。

「……わかった。地下に行こう」

厳かに頷いて表情を引き締めると、父は、ひらりとレースをなびかせて踵を返した。


それから、十分後。

館の地下一階にあるコレクション・ルーム。

窓のない部屋の中央に置かれたテーブルで、リュシアンは父と向かいあっていた。

四方の壁に備え付けられた燭台が灯り、ゆらゆらと揺らめく光が向きあう父子と、点々と並ぶ展示ケースを淡く照らしている。

大小さまざまなガラスのケースの中には深紅のベルベットが敷かれ、その上の台座には純金で作られた細工物が置かれている。

この部屋は、三百年に亘って代々の名工が手がけてきたヴェルメイユ家が誇る金細工の展示室なのだ。

小さい物では小指の先ほどの羽を広げたテントウムシ。飛びたつ瞬間を捉えたように、パッとひらいた硬い鞘翅《さやばね》の内から、やわらかな後翅《うしろばね》が広がっている。

後翅は向こうが透けてみえるほどに薄く、くっきりとした翅脈《しみゃく》のみならず、その内側の網目まで再現された精緻な造りだ。

大きい物は雄の孔雀《くじゃく》。広げた尾羽はふわりとなびき、雌に誘いをかけるようにゆらりと首を傾げた姿は今にも動きだしそうな生々しさを感じさせる。

愛らしい一例では「孵化《うか》」という作品がある。卵から雛《ひな》が嘴《くちばし》を覗かせた瞬間を再現した一品で、黄金の卵のひび割れから中を覗きこめば、小さな雛を見ることができる。

生物をテーマにした品が多いのは、動かぬ物を模《かたど》るよりも挑みがいがあるためだろう。

すべてがこの世に一点限りの逸品で、売り物ではなく、ヴェルメイユ家の歴史とお抱えの職人の技術力を、選ばれたごく一部の上客に誇示するためのコレクションだ。

当然、客は見るだけで、ふれることなど許されない。

薄闇の中、蝋燭の灯りに照らされて得もいわれぬ艶めかしい輝きを放つ品々を、視線で愛でるだけだ。

当主であるゴダールでさえ、滅多にふれることはなく、その必要があるときも素手でふれることはまずない。

やわらかな純金で作られた細工は、些細なことでもたやすく傷付き、変形してしまう。

この部屋は、その壊れやすい宝を未来永劫美しいまま残すための保管室でもあり、年中、同じ温度と湿度に保たれ、二重の扉で厳重に守られている。

そのため、誰にも聞かれたくない話をするのに、うってつけの場所でもあった。

「──父上」

リュシアンは背すじを正し、金色のゴブレットにりんご酒を注いでいる父に声をかけた。

「何だ？」

コトンと酒瓶を置き、父が顔を上げたところで、リュシアンは懐から出した筒状の書状を父の前にすべらせた。

「何だ？　新しい事業計画か？　どれどれ──」

「絶縁状です」

書状を留めた紐をほどこうとした父の手がとまる。

「──私とのか？」

「はい」

リュシアンは頷き、まっすぐに父の目を見つめて告げた。

「──エレナ様に求婚しました。確実にクレサント王に反対されるでしょうが、引く気はありません。もしものときは即座に彼女を攫って逃げる覚悟です。そうなれば、父上にもご迷惑をかけるでしょうから、備えとして、そちらにサインをお願いします」

父が一人でここまで大きくした家だ。自分の身勝手で潰すのは忍びない。

そう思い、提案したことだったが、父は書状を広げることなく静かなまなざしで見つめ返してきた。

「そうか。もしものときには攫うと言うが、攫ってどうするつもりだ？」

事業計画の疑問点を指摘するように淡々とした口調で問われ、リュシアンは同じく淡々と言葉を返した。

「サンクタムにでも逃げます。言葉も通じますし、最悪の場合、王に保護を求めることも可能でしょうから。あの国の王はエレナ様に恩がありますし、彼女の尊さを実の父親よりも遥かに理解していますので」

そう答えると、父は「そうか」と頷き、片頬を上げた。

「そうなったら私は、おまえたちが逃げている間に王を暗殺でもするとしよう。首尾よく殿下に代替わりしたら帰ってくるといい。フレデリク殿下は気が弱いが、仕事は真面目になさる御方だしな。あちらのほうが、ずっといい。きっと事業もやりやすくなるぞ！」

楽しげに告げられて、リュシアンは眉をひそめた。

父の持つ人脈の広さからして、そういった生業《なりわい》の者に伝手があっても不思議ではない。あの王を弑《しい》す。確かに、それが一番手っ取り早い解決方法だろう。

だが、あまりにも口調が軽すぎる。

「……父上、私は本気で言っているのですよ」

「私が冗談で国王の暗殺など口にすると思うのか？」

ふん、と鼻を鳴らすと、父は突然ゴブレットをつかみ、グッと一息に呷った。

そして、ドンとテーブルに戻すと椅子を蹴倒す勢いで立ち上がった。

「ああ、リュシアン！　今、私がどれほど興奮し、喜びに打ち震えているのかわからないだろう!?」

言いながら、父は本当にブルブルと身を震わせている。

まとうレースが風もないのにひらひらと揺れた。

「おまえが生身の女と結婚！　つまり！　孫を抱けるかもしれない！　諦めていた孫を！　老後は百一匹の犬を飼って無聊《ぶりょう》を慰めようと思っていたところを！　私が今、どれほど嬉しいか！　祝いにクレサント王の首を黄金の盆に乗せて踊り狂いたいくらいだ！」

盆を掲げるように両手を突きあげながら放たれた言葉に、リュシアンは目を伏せる。

——やはり父上は、気にしていたのだな。

潔癖症の噂が立って間もないころ。

まともに女性を愛せないことを謝るリュシアンを、父は「気にするな」と慰めた。

「……たまたま、そう育っただけだ。私に謝る必要なんてない。育てた私も謝らんからな、お互いさまだ」

冗談めかして言った後、項垂れるリュシアンの肩を叩いて「跡継ぎなんぞ気にするな！　いっそ、おまえの代で身代を食いつぶしてしまってもかまわんぞ！」と豪快に笑っていた。

けれど、内心ではやはり、親らしい願いを捨てきれずにいたのだ。

三年前、聖女付きの騎士になったと告げたとき、父は「聖女の騎士か、名誉なことだ！」と言祝《ことほ》ぎながらも、夜中に一人、強い酒を呷っていたことをリュシアンは知っている。

最愛の妻が残してくれた、たった一人の息子が、決定的な不能の烙印を押されたことを悲しんでいたのだろう。

「……父上、今までご心配をおかけして、申しわけありませんでした」

立ち上がり、深々と頭を下げると、父は別れを告げられたとでも思ったのか「待て！」と慌てた声を上げた。

「早まるなリュシアン、冷静になれ！」

「はい。父上も落ちついてください」

「そうだな。まずは私が落ちつくべきか」

うむ、と頷いた父は再びゴブレットに黄金の酒を注いで、ゴクリと一口呷ると、ふう、と息をついて表情を引きしめた。

「……リュシアン、夜逃げを前提とした事業計画などありえんだろう。それは手を尽くした後の最終手段だ。焦るな。お飾りの王にたやすく潰されるほど我が家はやわじゃないぞ。金は血よりも強いのだ。まずは正攻法でいけ。亡命は奥の手にとっておけ」

懇々《こんこん》と諭《さと》され、リュシアンは「はい」と頷いた。

攫うにしても下準備がいる。勢いで動けば、エレナを危険に晒すことになってしまう。

エレナの騎士となる際に、離宮の警護に当たる衛兵や使用人たちの素性は調べてある。

金で転がせそうな者に何人か心当たりがあるので、離宮を出るのはさほど難しくはないとは思うが、逃亡先の環境を整える必要もあるだろう。

この先エレナが孕み、産まれた子供がリュシアンと同じ色彩を持っていれば、ごまかせなくなるが、そうなるまでにはもう数ケ月ほど猶予があるはずだ。

——そうだ。まだ時間はある。

その間に逃亡の準備を整えると共に、フレデリクを王に据える方法も考えよう。

あの王の生死はどうでもいいが、エレナがなるべく胸を痛めずにすむやり方で進めたい。

そう決めて父に告げると、父も「そうだな、それがいい」と頷いた。

「私も万が一に備えて、金さえもらえば何でもするような輩か、何をしてでも金が欲しいと困っている者を探しておこう」

悪辣《あくらつ》な笑みで告げられ、リュシアンは優雅に微笑み返した。

「ありがとうございます、父上」

「よせよせ、礼など不要だ。私はおまえの父親だぞ！」

そう言って、父はレースがひらつく胸を張る。

「そうですね……自慢の父です」

「はは、おだてても全財産と愛と命くらいしかやらんぞ！」

「……すべてを差しだしているではありませんか」

「当然だ！　私は我が国きっての愛息家だからな！」

豪快な笑い声を立てる父にリュシアンは苦笑しながらも、胸が温かくなるのを感じた。

この家に、この父の元に生まれてよかった。

しみじみと思いながら、父が差しだしたゴブレットを受けとり、軽くぶつけあう。

そうして、一口含み、広がる芳香に酔いしれながら、何とはなしに部屋を見渡して――

ずらりと並んだコレクション、その一番奥まった場所に置かれたケースに目をとめた。

一抱えほどのガラスの箱の中。

深紅のベルベットの上には、本来あるべきものがない。

黒い展示台に付けられた黄金のプレートには『乙女の祈り』という題が彫られている。

「……まだ、気になるのか？」

かけられた声にリュシアンは静かに頷いた。

「……はい」

ゴブレットをテーブルに置いて、こつりこつりと空白のケースに近付き見下ろす。

そこには、三百年前、千年に一度の天才と呼ばれた名工が手がけ、ヴェルメイユ家の金細工の原点であり頂点ともいわれた逸品があったのだ。それが失われたのは、わずか十三年前のこと。

客人には「黄金に魅入られた客の一人が無理に奪おうとして壊した」と伝えているが、真実は半分ほどしかない。

小さく溜め息をこぼすと、背後から足音が近付いてきてリュシアンの隣に立った。

空白の台座を並んで見下ろしながら、ふと父が呟く。

「……二度目の恋は実るといいな」

リュシアンは思わず苦笑を浮かべた。

「フレデリク殿下も同じようなことをおっしゃっていました」

エレナと結ばれた翌朝、離宮を後にする彼と、短い時間だが言葉を交わした。

身代わりを務めさせてくれたことに礼を言い、彼女に求婚したと伝えると、フレデリクは真剣な顔で「同情ではなく、愛情だと思っていいのかな？」と問うてきた。

リュシアンが頷くと「そうか」と彼は晴れやかに笑い、リュシアンの肩をポンと叩いて「二度目の恋は、是非実らせてくれ」と目を細め、それから、ポツリと呟いた。

「もしものときは、私のことは気にしなくていいから……あの子を頼む」と。

怯えたようなまなざしで、それでも彼は妹とリュシアンの幸福を願ってくれた。

「――ほう、そうか。殿下とは気が合いそうだな」

「ええ、父上が好みそうな性質が素直でやさしい方です。少しばかり人に頼りがちで臆病が過ぎる気もしますが……」

「人の話を聞かない身勝手な王よりも、ずっといいさ」

そう言って豪快な笑い声を立てた父はテーブルに戻り、新たな酒をゴブレットに注いだ。

どうやら、一人で丸々一本飲み干す気らしい。

上機嫌な父の様子をリュシアンは微笑を浮かべてしばらくながめてから、ケースに向きなおった。

「……二度目の恋、か」

そう呟いて彼は笑みを消し、自分が壊した初めての恋の跡地に目を落とした。

女性の体温が苦手。

エレナに語った言葉は嘘ではない。

幼いころ、頻繁に乳母が変わったことも事実だ。

彼女らに感じた何とも言えない気持ちの悪さも、しっかりと覚えている。

だが、それは所詮、後付けの理由のひとつに過ぎないとリュシアンは思っている。

理由をいくら挙げ連ねたところで問題が軽くなることも、彼の本質が変わることもない。

生身の女性に欲情しない――それがリュシアンの本質だった。

＊　＊　＊

リュシアンが五歳の誕生日を迎えたころ、最後の乳母が解雇され、教育係が付いた。読み書きを始め、数学や科学、絵画、楽器にダンス、語学に剣術まで、父はたった一人の跡継ぎ息子のために金に糸目をつけず、優秀な教師を集めてくれた。

どの授業も楽しくはあったが幼い子供にとっては窮屈な時間でもあったため、息抜きにリュシアンは金細工の工房へ見学に行くようになった。

幼いリュシアンにとって、工房の職人たちはまるで魔法使いのようで、彼らの器用な指先から生み出される瀟洒で精緻な金細工の数々は、少年の心を魅了してやまなかった。

職人たちも未来の雇い主を可愛がってくれたが、子供ながらに仕事の大切さを理解していたリュシアンは工房が忙しい時期は見学を控えて、屋敷にある父が集めた絵画や彫像、壺や花器、さまざまな素材で作られた人形などの美術品をながめて過ごすことにした。

当時、貴族の屋敷には珍しいことにハウスメイドはおらず、教師も全員男性だったため、幼いリュシアンの周囲にいた『女』は、絵画や彫像や人形といった虚構の女だけだった。

幼いながらも人の心を惑わせる美貌を持つ息子を守るために、父が生身の女を徹底的に遠ざけていたのだ。

物言わぬ美女と金細工に囲まれながら、リュシアンはすくすくと育っていった。

十歳を過ぎ、背が伸びて剣術もそれなりに身に付いたころ、父は「もうそろそろ大丈夫」と判断したのだろう。屋敷にメイドが戻ってきた。

メイドたちはこぞって次期当主の美貌に見惚れ、色仕掛けで迫ってくる者さえいたが、リュシアンは断固として拒んで父に報告し、その度に父は彼女たちを屋敷から叩き出した。

目まぐるしく入れ替わるメイドの中には容姿の整った者もいたが、リュシアンの心が動くことはなかった。彼の心をざわめかせるのは絵画や彫像の女だけだったのだ。

中でも、リュシアンが心惹かれたのは、職人たちが魔法の手で作りだす金細工の女たち。ペンダントトップに刻まれた女神の横顔、手のひらサイズの人魚や天使、妖精──黄金の美女たちはリュシアンの心を揺さぶり潤してくれた。


そして、十二歳の誕生日。

リュシアンは父に連れられ、初めてコレクション・ルームに足を踏み入れた。

父と同伴であれば、という条件付きとはいえ、父から大人の一員として次期当主として認められたような誇らしさと、歴代のお抱え職人たちの最高傑作の黄金細工を目にできる期待と興奮で昂ぶりながら、地下室へと下りて──。

数十年、数百年の時間を経て尚、色褪せることのない細工物の美しさに感嘆の息をつきながら一点一点じっくりと見て回った。

やがて、コレクション・ルームの一番奥に飾られた、最も古く最も美しいとされる作品

『乙女の祈り』の前に立った瞬間――リュシアンは雷に打たれたような衝撃を受けた。

祈りの形に指を組み、顔を伏せる可憐な乙女を模った半身像。

初代の聖女の伝説から着想を得て作られたといわれるその作品は、はらりと額にかかる髪のひとすじ、伏せた睫毛の一本一本、淡く微笑む唇の端に浮かんだ窪みまで精緻に作りこまれている。

リュシアンは気付けば呼吸さえも忘れ、黄金の乙女に見入っていた。

――ふれたい。

不意に腹の底から衝動がこみあげる。

その頬にふれたい。煙るような睫毛をなぞり、波打つ髪に指を絡めたい。

小さな唇に口付けてみたら、その目蓋をひらいて微笑みかけてくれないだろうか。

そのような妄想が頭に広がり、リュシアンは恍惚に瞳を揺らす。

その後、父が何か語っていたが覚えていない。ただひたすらに彼女を見つめていた。

それから、リュシアンは父にねだり毎日のように乙女の像を見に行った。

その入れこみように、父は少しばかり呆れながらも笑って付きあってくれた。

乙女の像を見れば見るほど、リュシアンの心の中で色めいた願望が育っていった。

――彼女にふれたい。

この感情は、身体の内側から噴きあがる衝動は何なのだろう。

どれほど美しくとも、あれはただの純金の塊にすぎず、自分には次期ヴェルメイユ家の当主として、この像を守っていく義務があるというのに。

——そうだ。ふれてはだめだ。絶対に……。

そう自分に言い聞かせながらも、日を追うごとに渇望は強く、抗いがたいものになっていき——ついに、ある日。

リュシアンは屋敷の皆が寝静まった後、一人でコレクション・ルームに入った。

鍵は父の書斎の隠し戸棚から持ち出した。

それは父に対する裏切りだった。父は息子を信頼しているからこそ、リュシアンの目の前で隠し戸棚から鍵を取り出していたのだから。

壁に備え付けられた燭台に炎を移して、手にした燭台をテーブルに置き、乙女の像の前に立つ。ガラスのカバーに手をかけ、滲む汗で手がすべりそうになるのに背すじが冷えた。

逸る心を抑えて慎重にカバーを外して床に置き、立ち上がる。

遮るものなく黄金の乙女と向かいあったとき、この上なく胸が高鳴った。

興奮に震える手をそろそろと伸ばして彼女の小さな手を撫で、頬にふれる。

ひんやりとすべらかな、手のひらに吸いつくような感触にリュシアンは陶然となった。

ほう、と恍惚の吐息をこぼして頬に指をすべらせながら、逆の手で豊かな髪を撫でる。

——ああ、美しい。

そうっと親指の腹で可憐な睫毛をなぞって。

その瞬間、指に伝わった奇妙な感触にハッと手を離す――が、手遅れだった。

孔雀の羽のごとく美しくひらいていた睫毛はぐにゃりと曲がり、歪に絡まりあっていた。

慌てて乙女の髪を見れば、ふわりと風を孕んで軽やかに広がっていたものが、すっかりぺしゃりと潰れ、惨めに垂れさがっている。

「――っ」

リュシアンは声にならない悲鳴を上げた。

つま先が冷たくなり、膝から崩れそうになるのを堪えながら、震える手を乙女に伸ばす。

曲がった睫毛を直そうとふれた途端、今度は反対方向に曲がり、慌てて元に戻そうと力をこめれば睫毛全体が潰れて歪な束となり、幾つかが折れてハラハラと台座に落ちた。

焦れば焦るほど、どんどん形が崩れていく。

睫毛のみならず目蓋の線まで歪みはじめて――。

「ああ、どうしよう！」

「……リュシアン、どうした？」

涙を滲ませて叫んだそのとき、階段の方から心配げな父の声が響いた。

ハッと振り返った拍子に、リュシアンの肘が像に当たる。

ひゅっ、と息を呑み、慌てて手を伸ばす。

だが、像は彼の指先をすり抜けて――次の瞬間、黄金の乙女は床に叩きつけられていた。

「――あぁああっ！」

リュシアンは絶望の叫びをあげた。

「どうした、何があった!?」

駆け寄ってきた父がリュシアンの背後で息を呑み、足をとめる。

「……なんということだ」

あれほど美しく輝いていた乙女は、今や無残に顔の右半分が潰れ、歪な黄金の塊と化していた。

リュシアンは「あぁ」と呻いて、へたりと床に座りこみ、乙女の残骸に手を伸ばそうとして、その手首を父につかまれた。

「リュシアン……いったい、どうしたのだ?」

戸惑いに満ちた声で父に問われ、答える。取り繕おうという考えすら浮かばなかった。

「……私は、ただ、彼女にふれたかったのです……見ているだけでは我慢ができなくて、どうしても、この手で彼女にふれてみたくて……それだけだったのに……」

呻くように呟いてギュッと拳を握りしめると、父は痛ましげに顔を歪めた。

「そうか……おまえは……この像に恋をしていたのだな」

「恋?」

父の言葉にリュシアンはようやく気が付いた。

自分が黄金の乙女に抱いていた感情は、世間一般では『恋』と呼ばれるものだと。

父は驚いた様子もなく、哀れみに満ちたまなざしでリュシアンを見つめていた。

彼は薄々気付いていたのかもしれない。息子は生身の女を愛せないのではないかと。

他の少年と違って、リュシアンはどれほど美しい娘がいても目もくれず、石像や人形、キャンバスに描かれた女――物言わぬ女たちに熱いまなざしを向けていたから。

「……起こってしまったことは仕方がない」

父はそう呟くと羽織っていたガウンを脱ぎ、床に転がる像にかけて、リュシアンの目から乙女の残骸を隠した。

それから、愚かな息子の肩を抱いて立ち上がらせると、やさしくその頭を撫でた。

「……なぁ、リュシアン。美しいものはとても繊細だ。だから、美しいものを美しいままにしておきたいなら、ふれてはいけないのだよ。壊れてしまうからな」

怒鳴ることも責めることもなく、穏やかに諫められてリュシアンは目の奥が熱くなる。

「大切だと思うのなら、そっとながめるだけにしておきなさい」

父の言葉はリュシアンの胸に深く深く突き刺さった。

「……はい、父上。……申しわけありません」

謝罪の言葉を口にしながらも、どれほど謝っても取り返しのつかないことをしたのだと、子供ながらに理解していた。

初めての恋を自分で壊してしまった。

そう思えば、泣くことさえ許されないような気がして、リュシアンはグッと奥歯を噛みしめて涙をこらえていた。

その後、展示できる状態ではなくなった像は溶かされ、銀や銅と混ぜられて、手ごろな細工物となってどこかへ売られていった。

リュシアンが像の末路を聞かされたのは、すべてが終わった後のことだ。

像の残骸を残しておけば、リュシアンが気に病むと父は思ったのだろう。

同時に、いつまでも初恋に囚われてしまうことを恐れたのかもしれない。

そして、事件から一ケ月が過ぎたころ。

父はリュシアンに、王都で近衛騎士隊長を務めている知人の元で鍛えてもらい、騎士になったらどうかと勧めてきた。

「富も爵位も充分だ。あとは名誉が欲しい。商人貴族の名を払拭するような立派な騎士になってくれ」と言ってリュシアンの肩を叩き、それから、父は笑って付け足した。

「王都は美女が多い。将来の妻に出会えるかしれんぞ」と。

口調こそおどけていたが、父の目は真剣で、祈るような色を帯びていた。

きっと父は自分を責め、息子の将来を案じていたのだろう。息子を守るためとはいえ、自分が生身の女を遠ざけたせいであのような悲劇が起きたのだと。

だが王都に行き世間を知れば、生身の女に興味を抱き愛せるようになるかもしれない。

そう、父は期待していたはずだ。

けれど、リュシアンは、その期待に応えることはできなかった。

父の案に従って王都で騎士見習いとなったリュシアンの美貌は、またたく間に評判となった。

騎士は女性からの人気が高く、令嬢が鍛錬の見学に訪れることも多い。

好みの騎士に話しかけ差し入れをして、親しくなろうとする者も珍しくなかった。

当然、リュシアンも目をつけられ、休憩のたびに令嬢たちに囲まれ、まとわりつかれるようになってしまい閉口していた――そんな、ある日。

いつものように令嬢の一人が近付いてきて「鍛錬には慣れましたか？」と尋ねてきた。

「はい」と答えると令嬢は「それは何よりですわ」と頷きながら、突然、リュシアンの手を取った。ぐにゃりと軟らかい、妙に温かな手だった。

そして、その両手で包みこむように、彼の手のひらを撫でまわしながら「まぁ、本当！　立派な剣胼胝《けんだこ》ができてらっしゃるわ！」と小首を傾げて微笑んで――。

リュシアンは、考えるよりも先に令嬢の手を振り払っていた。

パチリと目をみはる令嬢に向かって、リュシアンは「申しわけありません。少し驚いてしまいまして……私にはまだ早いようです」と微笑むと、その場から離れた。

逃げるように駆け出した背に「まぁ、純情でいらっしゃるのね！」「本当に！」と楽しげに笑う令嬢たちの声が届いたが、リュシアンは、ただただ不快で仕方がなかった。

――父のために、自分のためにも、生身の女性に慣れていかなくてはいけないのに。

それでも、どうしても、握られた手にまとわりつく嫌悪感を拭うことができなかった。


一年が経ち、二年が過ぎても、リュシアンが生身の女性に心惹かれることはなく、周りの騎士たちが当然のように女性を愛し、子をなしていくのをながめるうちに三年、四年と過ぎていく。

少年から青年に変わっていく中で、リュシアンは生身の女性に対して恋するどころか、単なる欲の昂ぶりとして肉体が反応することさえなかった。

街を歩いていても、広場の噴水の前で日傘を回す着飾った令嬢よりも、その背後にある石膏の天使像のほうが、よほど心をくすぐられる。

そんな自分の異常さを自覚したころには、リュシアンは『女性にさわれない潔癖症』として有名になっていた。

十八歳で騎士に叙され、社交界に出るようになると、女性たちから夜会で色めいた誘いをかけられることも増えたが嫌悪感は強まるばかりで……。

誘いを拒みつづけた結果、いつしか『潔癖症の不能騎士』と囁かれるようになっていた。噂を耳にした父はリュシアンを責めず「何を愛そうが、それは個性だ」と力強く励ましてくれたが、そんな父の愛情を感じるたびに、リュシアンは途方もない虚しさと自己嫌悪を覚えずにいられなかった。

どうして、人間を愛せないのだろう。

どうして、この心も身体も生身の女に反応しないのだろう。

どうして、他の男が当たり前にできていることが自分にはできないのか。

ヴェルメイユ家の嫡男として、父のため、亡き母のためにも、この血を繋いでいかなくてはならないというのに。

表面上は優雅に微笑みながら、心では常に、やり場のない苛立ちや鬱屈を感じていた。

二十歳になり、女たちからの哀れみと失望のまなざしや、男たちの優越感に満ちた視線にも慣れたころ、リュシアンは王太子フレデリク付きの近衛騎士となった。

フレデリクは、恐らく歴代のクレサント王室の中で最も気弱な王族だろう。

クレサント王国では王族は聖なる血を引く絶対的な存在として、半ば神のように民から崇められている。

近親交配の影響もあってか、かつての王族は気性が荒く癇症《かんしょう》な者ばかりだったらしいが、今ではその性質が強く表れているのは国王であるドミニクくらいだろう。

その息子であるフレデリクは羊のごとく柔和で臆病な男だが、リュシアンは良くも悪くも彼の素直な性質が嫌いではない。

群れからはぐれた子羊のようなまなざしですがりつかれると、どうにも放っておけない気持ちになってしまうのだ。

三年前もそうだった。

紫炎病と呼ばれる死の病が国を襲い、エレナが聖女として民の治療を任されて、それを案じた王太子に「こっそり様子をみてきてほしい」と頼まれたのだ。

「私が行きたいけれど、そうもいかないから……もう、君にしか頼めないんだよ……！」

今にも泣きだしそうな顔で言われて、リュシアンは察した。

フレデリク付きの近衛騎士は他にもいるが、彼らには相手にされなかったのだろう。

王太子とはいえ現国王から疎まれている上に、気が弱すぎる彼は宮廷内で軽んじられており、それは近衛騎士であっても例外ではない。

正直に言えば、リュシアンも断りたかった。

王太子である彼が立場上、私情でその身を危険に晒すことができない事情はわかるが、国中の患者が集められ、感染の危険が最も高い場所に進んで行きたいとは思わない。

けれど、すがりつくようなまなざしで見つめられては無下に断ることもできなかった。

——仕方がない。ここで断って殿下がご自分で行くとなれば、どうせついていくことになるのだからな。羅患《りかん》したなら、そのときはそのときだ。聖女が治してくれるだろう。

離宮に聖女が隠されているというのは宮廷では公然の秘密だが、リュシアンがその姿を目にしたことはなかった。

生ける奇跡とも呼ばれるその姿を目にする、滅多にない機会かもしれない。

それに、王太子の信頼を深めることにもなるだろう。

腹を括ってリュシアンは「喜んで承ります」とフレデリクに笑いかけた。

そんな半ば打算、半ば同情で下した選択が、自らの人生を大きく変える出会いをもたらすことになるとは、そのときは思いもしなかった。


紫炎病は十年ほどの周期で流行する伝染病だ。

今回の流行の始まりは郊外の小さな農村。諸国を巡っていた一人の旅人からだった。

寒気を訴えて倒れた男を、心やさしい村人たちが「旅の疲れが出たのだろう」と代わる代わるに世話をやき——その親切心が命取りとなった。

病状の悪化した男が「少し前に訪れた国で紫炎病が流行っていた」と打ちあけたときには既に遅く、病は村中に広がっていた。

老人や子供が次々と倒れ、そこから逃げだした者が王都に流れた。

じわりじわりと病は広がり、気付けば、病院に収まりきらない患者が道に敷かれた藁《わら》に寝かされているような状態だった。

家族を失い、やり場のない悲しみと病への恐怖に駆られた民の非難の矛先は、彼らの王へと向いた。

なぜ病が広がる前に元凶の村を封鎖しなかったのか――と対応の遅れを責めたのだ。

いくら王家を崇めていても、自分たちの大切な家族や友人、恋人が命の危険にさらされれば、怒りや悲しみ、恐怖が信仰心を凌駕することもある。

日に日に高まる民の不満に苛立ち、焦りを覚えた王は、民の心を鎮める生け贄《にえ》がわりにエレナを表に出すと決めた。

そして、図々しくも大々的に宣言したのだ。

王女が聖女の力に目覚めた。救いを求める者は離宮に集え――と。

王太子の命令――というよりも懇願を受けた翌日の朝。

リュシアンは東の離宮の前庭で馬をとめ、鬱蒼とした樹林と鉄柵に囲まれた白亜の館を見上げていた。

――今の時間なら、大広間にいらっしゃるだろうか……。

出立前、フレデリクに離宮の状況を聞いたところ、昼の間は自力で歩ける患者の治療が大広間で行われ、動けぬ者は客室に収容されて早朝や夜間に治療を受けるのだという。

「……朝から深夜まで治療をして、いったい、あの子はいつ寝ているのだろうね」

菫の砂糖漬けの箱を手のひらで撫でながら、痛ましげに呟くフレデリクに、リュシアンは何と言葉を返していいのか迷ったものだ。

──確かに、十五の娘には辛いだろうな。

だが、ここに集う患者を救えるのは彼女だけなのだ。

──殿下の差し入れが、少しでも慰めになればいいが……。

手のひらの小箱をチラリとながめ、リュシアンは離宮に足を踏み入れた。

玄関ホールとサロンを抜け、大広間の扉の前に着いたところで足をとめる。

ここから先は感染の危険度が跳ね上がる。もしも感染した場合、発症までの期間は短く、半日程度のはずだ。

──王宮に戻ったら、明日まで部屋にこもったほうがいいだろうな。

小さく溜め息をこぼすと、リュシアンは大広間の扉をひらいた。

そして、金箔で縁どられた純白の扉をくぐり、目に飛びこんできた光景に息を呑んだ。

緻密なフレスコ画が描かれた天井から下がるシャンデリア。

幾千ものクリスタルが蝋燭の灯りを反射して、きらきらしい輝きを振りまくその下で、寄木張りの美しい床の上に苦悶《くもん》に呻く患者が累々と転がっている。

救いを求めて天井に伸ばされる彼らの手には黒ずんだ斑点が浮かび、それがゆらゆらと揺れる様は、見ようによっては何かの舞踊のようで――そこは世にも美しい地獄だった。

その地獄の中心で金色の光を放つ存在に、リュシアンの目は奪われた。

華奢な少女が床に膝をつき、患者の手を握っていた。

少女の白い手の内側から星が生まれるように淡い金色の光があふれ、こぼれ落ちる。

その光は天に輝く河のごとく、きらめく粒子の帯となって、またたく間に少女と救いを求める患者――二人の身体を取りまいた。

ごうごうと眩さを増していく光は色を深め、鮮やかな黄金の光へと変わっていく。

光の奔流の中、少女のやわらかな巻き毛がふわふわと羽のように揺れていた。

――何と美しい。黄金の人だ。

リュシアンは、気付けば呼吸さえ忘れて彼女を見つめていた。

やがて、眩い光が薄れて彼の目に映ったのは、目をつむる少女の姿。

――ああ、あれが聖女か……。

金色の光が消えた後も、リュシアンの視線は聖女から離れなかった。

少女の目蓋が震え、ひらいて、鮮やかなエメラルドの瞳が覗く。

「……大丈夫ですか？」

鈴の鳴るような愛らしい声が目の前の患者へと問いかける。

「はい！　ああ、奇跡だ……どこも痛くない……ありがとうございます！　聖女様！」

それまで床をのたうっていた患者が感涙に咽びながら叫ぶ。

「……お役に立てて何よりですわ。これで、ご家族の元に戻れますね」

ほっそりとした小さな手が励ますように患者の手をそっと撫でて、離れる。

その瞬間、リュシアンの胸にこみあげたのは「ふれたい」という渇望だった。

ふらふらと立ち上がった患者がこちらへと向かってくる。

それを見送るように彼女も顔を上げて、鮮やかな新緑の瞳がリュシアンを捉え、パッとみひらかれた。

目と目があい、リュシアンは小さく息を呑んだ。

立ち上がった彼女が小走りに近付いてくるのに鼓動が高まる。

――動いている。

当然のことのはずなのに、なぜか深い感動のようなものがこみあげてきて、ドクドクと脈が速まり、呼吸が乱れそうになるのをリュシアンは必死で堪えた。

目の前で足をとめた彼女が顔を上げ、再び目があった瞬間、脳裏に歓喜が弾ける。

――ああ、このような色をしていたのだな……何と美しい色だろう。

焦ったような表情で彼女が話しかけてくるのがわかったが、頭がぼうっとしてしまって何と言われたのか覚えていない。

「……ヴェルメイユ卿、もしや、その、お兄様に頼まれて……？」

彼女の視線が菫の砂糖漬けに向けられたところで、ようやくリュシアンは我に返った。

「……はい。どうしても妹が心配だから様子を見てきてほしい、とおっしゃるので、私が承りました。こちらは殿下からの贈り物です」

如才《じょさい》なく微笑みながら小箱を差しだし、それを受けとる手の可憐さに見惚れる。

すべらかな手の甲は真珠のようで、ちんまりとした爪は淡いピンクオパールを思わせた。

伏せた金色の睫毛も一本一本が長く、ふわりとエメラルドの瞳を縁どっている。

――ああ、美しい。

魅入られたように見つめていると「ああ、ごめんなさい！」とエレナが顔を上げ、目があった途端。パチリと目をひらいた彼女がポッと頬を染めて俯いた。

きっと異性に見つめられるのには慣れていないのだろう。

困らせてはいけないと思いながらも、リュシアンは視線をそらすことができなかった。

それどころか、赤らむ頬が愛らしいとさえ感じて、いっそう強く見つめてしまった。

「……本当に、迷惑をかけてごめんなさい！」

キュッと目をつむったエレナが頭を下げ、後ずさる。

距離をとられたことで、ようやくリュシアンは自制心というものを思いだした。

「……いいえ、迷惑などとは思っておりません。どうぞ、お顔をお上げください」

とりなすようにやさしく声をかけたが、彼女は耳まで赤くなりながら「どうか、今すぐに帰ってちょうだいっ」と震える声で言い放った。

非常に名残惜しくはあったものの「これ以上粘れば悪感情を抱かれるかもしれない」と判断し、リュシアンは努めて穏やかに「はい」と答えた。

「こちらこそ、治療のお邪魔をして申しわけありませんでした。どうか、くれぐれも御身を大切に、ご自愛くださいませ……失礼いたします」

どうか少しでも好感を抱いてくれますように――と願いながら、精一杯やさしく告げて、踵を返す。

何度も振り返りたくなるのを堪えながらまっすぐに歩きつづけ、気付いたときには離宮の玄関扉をくぐって前庭に出ていた。

そうして、ひらりと馬に跨り、ほう、と息をつくと、リュシアンは心の中で呟く。

――ここに来て……彼女に出会えてよかった。

十年ぶりに抱いた渇望と高揚感で、痛いほどに胸が高鳴っていた。

――私でも人間を、生きた女性を愛せるかもしれない！

あの眩い黄金の光を放っていた少女ならば、もしかしたら。

取り澄ましたような顔で手綱《たづな》を弾ませ、馬を走らせながら、彼の心は希望にふくらみ、喜びに打ち震えていた。

それからすぐにリュシアンは、エレナに近付くために動いた。

現在の聖女付きの近衛騎士について調べたところ、ずいぶんとろくでもない男だということがわかった。

リュシアンの父と変わらぬ年だと言うのに若い娘を好み、月に一度の休日には、朝から娼館に入り浸っているという。

その上、勃たぬ身体に腹を立てては当たり散らすらしく、娼婦からの評判も非常に悪い。

これは使えると思ったリュシアンは宮廷で彼を呼びだして、娼館でのふるまいを真正面から咎めた。

「聖女に仕える名誉を穢すな」「不能だからと、か弱い女性に当たり散らすなど言語道断」「私ならば、そのような恥ずかしい真似は絶対にしない」などと鼻につくほどの清廉潔白な騎士面で懇々と説いた。

その後、ヴェルメイユ家に借金のある官僚をたきつけて罷免《ひめん》に追いこんでやれば、彼は期待通りに後継者としてリュシアンを薦めてくれた。

提案が国王の耳に入るように仕向けると、王もまた喜々として、リュシアンの望み通りに『不能騎士』の烙印を押してくれた。

そうして、晴れてリュシアンはエレナ付きの近衛騎士に任命されることとなったのだ。

運命の出会いから一ケ月後。

エレナの騎士として初めて離宮に出仕し、彼女の私室に足を踏み入れたとき。

リュシアンは、コレクション・ルームに初めて入室したときと同じ、いや、それ以上の高揚感に包まれた。

そして、窓辺の椅子から立ち上がった華奢な少女の姿を捉えた瞬間、高揚は激しい渇望と興奮へと変わった。

――ああ、ふれたい。

あの日以来、十年ぶりの衝動に胸が高鳴る。

気付かれぬようにそっと息を整えてから、如才なく挨拶を済ませる。

ポッと少女が頬を染めるのに、リュシアンは心がくすぐられるような心地がした。

謝罪の手紙でも感じたが、どうやら彼女のほうもリュシアンに興味を抱いてくれているようだ。

女性に好まれる容姿に生まれてよかったと生まれて初めて思いながら、優雅に微笑み、少女に頭を垂れる。

手袋を外して、興奮を悟られぬよう浅く息をしながら手を伸ばす。

そうして、淡雪のように白くすべらかな甲に口付けるため、彼女の手をとろうとして

――瞬間、名状しがたい恐怖が身体の芯から噴きあがり、リュシアンは凍り付いた。

――ふれてはいけない。壊してしまう。

不可解な強迫観念が脳裏に渦巻き、手を震わせる。

――何だこれは……!?

焦りつつ、そっと上目遣いに見上げれば――視界に映る愛らしい少女の顔、その右半分がぐしゃりと潰れて歪んだ。あの黄金の乙女と同じように。

「――っ」

サッと顔を伏せ、上げかけた叫びを呑みこむ。

差しだされた手を払いのけたくなるのを、リュシアンは奥歯を噛みしめて必死に堪えた。

ありえない。幻だ。何をしている。ほんの少し唇をつけるだけだ。ぐずぐずしていると不審に思われるぞ――冷静な自分が急かすが、動くことができなかった。

――ああ、台無しだ……!

きっと彼女は呆れているだろう。

リュシアンの外見に期待や憧れを募らせて近づいてくる女は少なくない。

けれど、彼が男として役に立たないと知った途端、彼女らの瞳からは熱が消え、哀れみや蔑み、落胆や失望の色で塗りつぶされる。

目の前の少女も同じようなまなざしで自分を見つめているのかと思うと、顔を上げるのが恐ろしかった。

あの美しいエメラルドの瞳にどのような感情が浮かんでいるのか、確かめることが。

ふわりと彼女が身をかがめる気配に、リュシアンはビクリと肩を震わせる。

「……ふりだけで結構ですわ。誰も見ておりませんもの」

やわらかな囁きが耳に届き、ハッと顔を上げる。

こちらを見つめる少女は、ゆったりと微笑んでいた。

澄んだ瞳は包みこむような慈しみにあふれ、蔑みの色は欠片もない。

笑みを深めた彼女が大丈夫だと励ますように頷いたとき、リュシアンは心から救われた心地がした。

七つも年下の、たった十五歳の少女に。

――この人は、やはり聖女なのだな。

黄金の光を放っていなくとも、あの輝きが彼女の内側から感じられた。

――ああ、この人にふれたい。

リュシアンは思った。

それは、数瞬前まで抱いていた感情とは、似ているようで少しだけ違う。

彼は、エレナにふれたいと思ったのだ。

ただの金色に光る女ではなく、エレナという一人の存在を知って、ふれてみたいと。

こうして、リュシアンは二度目の恋に落ちた。

それから三年の間。砂金を集めるように、日々のできごとが積み重なり、彼女を知るにつれてリュシアンの想いは大きくなっていった。

今では、エレナのために生きたい、彼女を幸せにしてあげたいと思わずにいられない。

最初にそう感じたのは、初めて王妃の治療に同行した日のことだ。

初夏の午後。王宮内を彼女に付きそって歩きながら、リュシアンは、すれちがう人々の好奇の視線や「見ろ、新しい不能騎士だぞ……」と囁き交わす声を背中に感じていた。

そして、幾つ目かの廊下を曲がり、人影が途切れたとき、不意に彼女が足をとめ、振り返った。

「……あの、離れて歩いてくださって大丈夫ですので……」

申しわけなさそうに小声で告げられて、リュシアンは眉をひそめた。

「ですが、エレナ様。それでは護衛の意味がありません」

「大丈夫です。前任の方もそうしていましたから……離宮を出る前に言うべきでしたわね。恥をかかせてしまって、ごめんなさい」

瞳を翳らせ、深々と頭を下げる姿に、リュシアンは言いようのない切なさを覚えた。

「……いいえ、お傍におります。エレナ様が、お嫌でなければ」

「っ、そんな、嫌だなんて！　そんなこと、ありませんわ……！」

「では、いさせてください。近くで衛《まも》ってこその近衛騎士ですから」

リュシアンが冗談めかして微笑みかければ、エレナは澄んだエメラルドの瞳を潤ませ、涙を堪えるように目をつむると「ありがとう」と儚い笑みを浮かべて呟いた。

白い頬を伝う滴を見つめながら、リュシアンは胸が締めつけられるような心地がした。

そっとその涙を拭って、抱きしめたい。

そう思いながらも、手を伸ばすことはできず、ただやさしく微笑み返すことしかできなかった。

それから、エレナの健気さや彼女の抱える悲しみにふれるたび、想いは深まっていった。

自分以外の人間は大切にできるのに、自分が大切にされないことには慣れきっている、やさしくて不器用な彼女が哀れで、愛しくてたまらない。

ふれたいという渇望も日毎に増すばかりだというのに、リュシアンの身体は、いつでも彼を裏切った。

――美しいものを美しいままにしておきたいなら、ふれてはいけないのだよ。壊れてしまうからな。

父の言葉が、かつての過ちが、呪いのように彼を縛り付けていた。

到底、納得できなかった。

どうして今さら。もう十年以上も経つというのに。たった一度のできごとで。

頭の中でどれほど過去のできごとを矮小化《わいしょうか》しようとも肉体は正直で、彼女にふれようとするたびに心臓が破裂しそうな恐怖に襲われ、噴き出す汗と震えがとめられない。

この三年間、ずっと。

エレナの前で優雅に笑みを浮かべながら、リュシアンは苦悩を深めていった。

彼女から愛らしい思慕を寄せられていることを嬉しく思いながらも、こちらから想いを伝えることなどできなかった。

その理由は、きっと、今の彼女がリュシアンの求婚に頷かない理由と同じものだ。

自分と結ばれることで愛する人を不幸にしたくない。

「一生あなたを抱けないが結婚してほしい」などと言えるわけがなかった。

一歩身を引き、彼女を男として愛し、子を授けることができる者に譲るのが一番だろう。

そう思いながらも未練がましく諦められずにいた。

三年間、ずっと、見つめることしかできなかった。

三年間、ふれられない代わりに想いをこめた品々を贈り、せめて彼女を飾ることで気をまぎらわせつづけていた。

寸法をラポメ夫人に訊ねるまでもない。

それくらい、自然とわかるようになった。

ずっと彼女だけを見つめてきたのだから。脳裏に刻み、目蓋の裏に浮かぶほどに。筆を取って描けと言われれば、生き写しのような肖像画を描けるだろう。石像を彫れと言われれば、彼女の姿そのままに彫れるに違いない。

月に一度の帰郷から戻る途中、タウンハウスで夜を明かすたび、リュシアンはエレナのための衣装部屋で一人、自身の心を慰めた。

彼女のために職人に作らせた宝飾品で飾った、彼女の姿を模した石膏や白磁の胸像たち。紛い物の彼女になら、いくらでもふれられた。

髪を撫で、頬に手のひらを這わせ、指先で唇をなぞり、額に額をすりつけては溜め息をこぼす。

それから、胸像の前に転がる手首に口付け、細い指に指を絡ませて。

心行くまでふれあった後は部屋の真ん中に置いた安楽椅子に腰かけ、蒸留酒《じょうりゅうしゅ》のグラスを傾けながら、彼女のためのコレクションをながめ、くすぶる想いを宥めてきたのだ。

そうして三年間、忠実なる騎士の立場に甘んじながら、見つめることしかできなかった。

だが、そんなリュシアンに、エレナは再び救いの手を差しのべてくれた。

「……治せるかどうか、試してみませんか？」と。

初めて毛布ごしに彼女にふれた瞬間の感動は、きっと生涯忘れることはないだろう。

思えば、最初に彼女に近付いたのは、半ば打算で半ば衝動だった。

ふれたいと思える女性ならば誰でもよかったのだ。

けれど、今は違う。彼女のすべてが愛しい。

今後、他に聖女が現れたとしても、リュシアンの心が動くことはないだろう。

エレナでなければ、だめなのだ。

リュシアンを救ったのは聖女の力などではなく、陳腐な言い方だが、彼女のやさしさと愛情なのだから。

エレナが手を差しのべて受けいれてくれなければ、リュシアンの無様な醜態にもめげず、根気強く励まし、導いてくれなかったら、あの初夜を遂げることはできなかっただろう。

ただ、いつか誰かに奪われるのを「どうせ、私には無理だったのだ」と指を咥えて――血が出るほどに噛みしめながら、ながめるはめになったはずだ。

――だが、もう誰にも渡さない。

ふれたからには、二度と引かない。必ず、二度目の恋は叶えてみせる。

そして、彼女が自分を救ってくれたように、今度は自分がエレナの助けになりたい。

そう、リュシアンは心に決めていた。

＊　＊　＊

物思いから覚めてリュシアンが振り向くと、父は、すっかりとできあがっていた。

ゆるむ目元が赤く、ゴブレットに新たな酒を注ぐ手がふらふらと揺れている。

酔いを知らないリュシアンと違い、父はフレデリクと同じぐらい酒に弱い。おそらく、リュシアンは亡き母と似たのだろう。

「……父上、もうそれくらいにしておいたほうがよろしいかと」

「何を言う！　私は少しも酔ってないぞぅ！」

上機嫌に言い返す声は、少しばかり呂律が怪しくなっている。

リュシアンは静かにテーブルに近付くと、そっと父の手からゴブレットを取りあげた。

「ん、なんだ？　そうか、おまえも飲みたいか！　いいぞ、飲め飲め！　最後の一杯だが、特別にくれてやろう！」

「ありがとうございます。いただきます」

笑顔で答えて、リュシアンはゴブレットの中身を一息に空けた。

「おおー」と小さく歓声を上げた父が、子供のようにパチパチと手を打って笑う。

「めでたいなぁ！　ああ、それにしても、エレナ殿下が私の義理の娘になるのか……聖女の義父……悪くないなぁ！　息子もいいが、娘も欲しかったからな……たくさん貢いで、甘やかしてさしあげたいところだなぁ！」

厳めしい顔をしまりなくゆるませる父に、リュシアンは釘を刺した。

「父上、私は嫉妬深いですよ」

「お？　そうかそうか。では、息子に嫌われぬよう気をつけなくてはな！」

笑いながら、ふらりと立ち上がった父は展示ケースのほうへと歩いていく。

「父上、お待ちください」

多少の酔いがあったとしても、自分のような過ちを犯すとは思えないが、リュシアンは念のため、父が倒れこんでも支えられるようにすぐ隣に付いた。

父は鼻歌混じりに歩いて、かつて昆虫少年だった彼が最も気に入っているテントウムシの細工物の前で立ちどまると、そっとガラスケースに手を添えた。

「……ああ、美しいなぁ」

「そうですね」

リュシアンは頷く。この部屋にある細工物は、生物の一番美しい瞬間を写しとったものばかりだ。

「だが、私は、やはり生きている、本物のほうが好きだ。この手でふれて、命を感じたいのだ。……いいものだぞぉ、命とのふれあいは」

「そうですか」

「ふれたいと思い思われ、ふれてふれられて、伝わる体温と深まる愛に、ああ、私たちは今確かに生きている、と感じられるのだ……！」

「……そうですか」

いつのまにやら色恋の話になっている。

「そうだ。なあ、そうだろう、ジャクリーン……！」

どうやら思ったよりも酔いが深いようだ。リュシアンは天井を仰いで母の名を呟く父を、苦笑を浮かべながらケースから引き離そうとして――。

「よかったな、リュシアン。そう思いあえる相手と出会えて」

フッと我に返ったように、父が笑みを浮かべて口にした言葉に手をとめた。

「……そうですね」

答えながら、リュシアンは睫毛を伏せる。

頭に浮かんだのは、初めて結ばれたあの夜のこと。

寝台にエレナを組み敷きながらも、ふれられずに震えていたリュシアンを見つめ、ふと何かを諦めたように眉を下げ、ふわりと頬をゆるめた彼女の姿。

リュシアンにクラヴァットを外すよう促したときも、彼女は悲しげに微笑んでいた。

――どんな形でもいい。あなたと結ばれたい。

そう願う彼女の声は、羞恥と切望で震えていた。

ふれたいとリュシアンが願ったように、エレナも望んでいるのだ。

――それなのに、私は彼女に甘えてばかりで……結局、ふれられなかった。

エレナは精一杯、リュシアンを求めてくれたというのに。

「……父上、私は離宮に戻ります」

ポツリと口にした言葉に父は「ん？」と振り返り、パッと笑みを浮かべた。

「おお、そうか！　今すぐに会いたくなったのだな！　わかるぞぅ！　愛する人と一晩も離れるのは辛いからなぁ！　よし、見送ってやる！」

父は呵々《かか》と笑うとリュシアンの肩を抱いて一階に上がり、手早く前庭に馬車を回させ、快く玄関から送りだしてくれた。

「——では、父上。いってまいります」

玄関の扉をくぐり、西の空に傾く陽ざしを浴びながら、リュシアンは父に微笑みかけた。

「ああ、次に来るときは二人で来い。待っているぞ」

「ご期待にそえるかわかりかねますが、善処いたします」

リュシアンが商人の常套句を返すと、父は、また弾けるような笑い声を立てた。

その声に背を押されるように前を向き、リュシアンは馬車のタラップに足をかけた。

「……今日はタウンハウスではなく、そのまま離宮に向かってくれ」

御者に告げて客車に乗りこむと、素早く扉が閉められて、カタリと車輪が回りだす。

心地好い馬車の揺れに身をゆだねながら、リュシアンは夜番の兵の顔を浮かべた。

今日の兵は、金を握らせれば通してくれる男のはずだ。

朝までなど待てない。少しでも早く、エレナに会いたかった。
今夜、彼女に会えたなら――今度こそ、ふれよう。
今度は自分が勇気を出して、エレナの愛に応える番だ。
ほんの指先からでも、人差し指の先をそっとふれあわせるだけでもいい。
ほんの少しだけでかまわないから、何にも遮られることなく、彼女の肌を感じたい。
――きっと、ふれてみせる。
夜には離宮に着くだろう。
エレナに会ったら決意を伝え、あらためて求婚し、今度は了承をとりつけたい。
そして、これからのことを話しあおう。二人の幸福な未来のために。
――そうだ、ゆっくりと進めていこう。まだ、時間はたっぷりあるのだから。
そんな呑気なことを考えながら、そっとリュシアンは目を閉じた。
目蓋の裏に愛しい人の顔を思い浮かべて、未来の夢に酔いしれる彼は忘れていた。
人生を変えるできごとは、いつも計画外、ある日突然起こるのだということを――。

第六章　対峙の夜

　夜が更け、リュシアンを乗せた馬車が王都の門をくぐろうとしていたころ。

　エレナは母の私室で、寝台を挟んで父と向かいあっていた。

「……それは、ミレーヌを見捨てて生家に送り返せということか？」

　地を這うような声で問う父の瞳には、噴きあがる怒りと憎悪が燃えている。

「違います、見捨てるなど……！」

　怖気づく心を励まし、エレナはゆるゆるとかぶりを振った。

「お母様は、心がお疲れになっているのです！　ですから、一度宮廷の喧騒からお離れになって、故郷でゆっくりと療養されたほうが――」

「黙れ！」

　エレナの言葉を父は怒鳴り声で遮った。

けれど、すぐさま、ハッとしたように口を押さえ、そろそろと母の様子を窺う。

ぐったりと寝台に横たわる母の目蓋は閉ざされたまま、ピクリとも動かない。

その顔色は白を通りこして蒼に近く、唇は枯れた花のように萎んでいる。

胸にかかった毛布が微かに上下していることだけが、母がまだ生きていることを感じさせてくれる。

母が起きないのを確かめると、父はエレナに鋭いまなざしを向けた。

「故郷に帰ったところで治るものか、私の傍にいることこそがミレーヌの幸せなのだ。ミレーヌがこうなったのは、このようなことをしでかしたのは、おまえのせいだ……！」

ぶつぶつと恨み言を投げつけながら母の手を取り、自らの頬に押しあてて父は嘆いた。

「ああ、ミレーヌ。可哀想に……！」

折れそうに細い母の手首の内側、静脈が浮かぶ白い肌。

つい先ほどまでそこは包帯に包まれ、その下には、ティーカップの破片で刻まれた幾つもの傷口が鮮やかな肉の裂け目をのぞかせていた。

母は、今夜、自ら命を断とうとしたのだ。

離宮に報せが届いたのは、三十分ほど前のことだった。

既に床に就いていたエレナは、慌ててシフトドレスの上にガウンを羽織って迎えの馬車に飛び乗った。

どうか間にあいますようにと祈りながら、夜を駆けて母の部屋に飛びこんで。

「――お母様っ！」

息を切らして叫んだエレナの声に、部屋の奥、寝台の傍らで振り向いたのは父だ。

シフトシャツ一枚の寒そうな姿で寝台に半ば乗り上げるようにして、横たわる母の手を握りしめていた。

サミュエル医師の姿はなかった。彼の手に負える段階ではなくなったということだろう。

「遅い！」

響きわたる怒声に、エレナは足がすくみそうになるのを必死に動かし、寝台に走る。

「早くしろ！　治せ！」

「は、はいっ」

寝台の前に膝をつき、包帯の巻かれた母の手を取って息を呑む。

まるで氷を握ったようだった。

それなのに母の息づかいは荒く、薄い胸は激しく上下して、額にはびっしりと汗の粒が浮かんでいた。血を失ったことで、持病の発作が起きているのかもしれない。

痛ましい姿に涙があふれそうになる。けれど、エレナは「泣いている暇はないわ！」と自分を叱りつけ、きつく目をつむって胸の中で唱えた。

――どうか奇跡を！　この者を痛みと苦しみからお救いください！

祈りと共に、握りしめた手の内から淡い金色の光があふれだす。

目蓋の向こうで奇跡の輝きが篝火《かがりび》のように激しく燃えあがり、眩さに目を灼《や》かれたのか
「ぐう」と父が呻きをこぼすのが聞こえた。

やがて、渦巻く光が消えて――。

ゆっくりとエレナが目蓋をひらくと、母の呼吸は鎮まっていた。

首を巡らせてみれば、忙しなく上下していた胸も今は穏やかに動いている。

安堵の息をついたところで、か細い声がエレナの耳に届いた。

「……なさい」

ハッと向きなおると、うっすらと母が目をあけていた。

「お母様!?　ああ、よかった！」

「ああ、ミレーヌ！　よかった！　意識が戻ったのだな！」

エレナと父は喜びに声を震わせて、口々に母に呼びかける。

けれど、母は誰とも視線を合わせることなく、ひらいたばかりの目蓋を閉じてしまった。

「……ごめんなさい」

「……ミレーヌ、何を謝るのだ」

「私が王家の血を引いていないばかりに……皆を苦しめて……」

「そんなっ、お母様のせいでは――」

「どうして……もっと強い聖女に産んであげられなかったのかしら……そうすれば、誰も傷付かずにすんだのに……どうして私は……」

エレナの声など聞こえていないかのようだった。

ポツリポツリと呟く声は父やエレナに聞かせるというよりも、自分に問いかけ、責めるような響きを帯びていた。

母の目尻からこぼれた涙がこめかみを伝い、シーツへと滴る。

父もエレナも何も言えず、母の懺悔めいた呟きを聞きつづけることしかできなかった。

やがて、母の言葉が途切れ、微かな寝息へと変わる。

「……眠ったか」

ホッと息をついた父は痛ましげに母を見つめながら、呻くように呟いた。

「……どうして、このようなことになったのだ……！　ああ、やはり、子供など産ませなければよかった。私がミレーヌの懇願に負けて抱いたりしなければ、無能な聖女を産んでしまったと悲しませることもなかっただろうに……！」

身勝手で残酷な嘆きに、エレナはギリリと奥歯を噛みしめる。

そのようなことを言われて母の心が慰められるとでも、本気で思っているのだろうか。

母の手を愛おしげに撫でながら、その心を傷付ける父に、エレナは強い憤りを覚えた。

――このままではだめだわ。お母様は、いつか壊れてしまう……！

父の愛は母を救わない。ただ、苦しめるばかりだ。

どうすれば母は救われるのか。

エレナにも救えず、父にも救えないのなら、どうすることが母にとって最善なのか。

考えた末に、エレナは寂しい結論に辿りついた。

――私も、お兄様も、お父様も、お母様を悩ませる要因でしかないのならば……お母様は、ここにいらっしゃらないほうがいいのかもしれない。

どんな慰めの言葉も、きっと今の母には届かない。

ならば、心を悩ませるすべてから一度離れてしまったほうが、安らぎを得られるのではないだろうか。

――ここにいては、今日と同じようなことがまた起こるかもしれないもの……。

故郷を懐かしみ、恋しい、帰りたいと、母は何度となく口にしていた。

母の故郷は緑豊かで、療養地としても有名だと聞く。

月に一度の治療はエレナが出向けばいいだけだ。

生まれ故郷で、ゆっくりと時間をかけて心を癒やしてから、ここに戻ってくればいい。

遠く離れることになったとしても、生きてさえいてくれれば未来でやりなおせる。

きっと父は反対するだろうが、母を故郷に帰す権限を持っているのは父だけだ。

「……あの、お父様。お母様の治療について……ご提案がございます」

エレナはゴクリと喉を鳴らしてから、勇気を奮い起こし、父に話しかけて――。

その結果、罵声と共に提案を一蹴されたというわけだった。

「ああ、ミレーヌ。可哀想に……！」

涙を滲ませて嘆いた後、父はひたりと母の手に頬を押しつけたまま、上目遣いにエレナを睨みつけた。

「……おまえのせいだ」

怨嗟《えんさ》に満ちた声がエレナの耳に響く。

何百、何千回と父からぶつけられた言葉だが、今夜のそれは、いつにもまして強い怒りと憎しみがこめられているのが感じられた。

「おまえがもっと力のある聖女だったなら、ミレーヌが私を置いて死のうなどという、愚かな真似をしでかすこともなかったのだ……！」

エメラルドの瞳の奥、煮えたぎるような憎悪が燃えている。

「出ていけ」

父はエレナを睨みつけたまま、ぎりりと歯噛みしながら命じた。

「離宮に戻れ。おまえと話すことはもうない。話したくもない。失せろ」

言葉と共に吹きつける敵意に身がすくみそうになるが、エレナは、声を振り絞った。

「あのっ、ですがお父様、療養の件は、どうか今一度お考えを――」

「失せろと言っているのがわからないか！」

怒声が耳を打つ。エレナはビクリと肩をすくめ、キュッと唇を噛みしめた。

――どうして聞いてくださらないの……？

ここに居つづければ、母の苦しみは増すばかりだというのに。

それでも、自分の傍に置いておきたいというのだろうか。それが父の愛だと。

――そんなもの、愛ではないわ！

噴きあがる激情が言葉となって飛びだしそうになるのを、エレナは、きつく奥歯を噛みしめて堪える。

眠っているように見えるが、母は今も二人の話を聞いているかもしれない。

ここで父と言い争いをすれば、いっそう母を苦しめることになる。

「……わかりました。失礼いたします」

昂ぶる感情を抑えこみ、強ばる声で父に告げる。

それから、震える足に力をこめて踵を返すと、エレナは足早にその場から立ち去った。

＊　＊　＊

王宮を出て前庭に目を向けると、離宮から乗ってきた馬車は見当たらなかった。もう用は済んだということで、父が下げさせたのだろう。

予想はしていたとはいえ、エレナは思わず溜め息をこぼしてしまった。

「……寒い」

ガウンの前を掻きあわせながら、ふるりと身を震わせる。

初夏といっても、夜になればまだ冷える。

今夜はリュシアンもいない。これから半時間あまりの道のりを一人で歩かなくてはいけないのかと思うと、気持ちが沈みそうになる。

――いいわ、大丈夫よ。きっと、歩いているうちに身体が温まるでしょうから……。

そう自分を励ましながら歩きだそうとしたところで、近付いてくる車輪と蹄の音が耳に届いた。

灯りがともる一台の馬車が前庭にすべりこんできて、戸惑うエレナの前で停まる。

客車の扉がひらき、中から現れたのは兄だった。

「……おいで、エレナ。送っていくよ」

「お兄様……」

エレナは思わず笑顔になった。

差しだされた手を取ろうと手を伸ばし、思いなおして、そっとおろす。

「……いけません。お兄様が叱られてしまいます」

ただでさえ今夜の父の機嫌は最悪なのだ。

エレナに手を貸したことが知れたら、平手打ちくらいではすまないだろう。

けれど、兄は引かなかった。

「大丈夫だよ、慣れているから。それよりも、大切な妹にそんな格好で夜道を歩かせられないよ」

ふわりと笑った兄は、この時間まで政務を行っていたのか、寝衣ではなくドレスシャツの上に精緻な刺繍が施されたベストと上着をまとっていた。

「あ……ごめんなさい、こんな格好で……」

いかにも寝起きといった「そんな格好」をしている自分が急に恥ずかしくなり、もじもじと躊躇っていると、兄は困ったように眉を寄せて、エレナの手を取った。

「エレナ。もしも風邪を引いても、君は自分を治せないだろう？　だから、私が君の心配をしなくてもすむように、どうか送らせておくれ」

「わかりました……ありがとうございます、お兄様」

やさしい懇願に負けて微笑むと、エレナは客車に乗りこんだ。

座席で向かいあって腰をおろしたところで、ガタリと馬車が動きだす。

「……それで、王妃殿下の具合は……よろしいわけがないよな」

目を伏せ、深い溜め息をこぼした兄に、エレナは少し迷ってから先ほどの母の部屋でのできごとを話すことにした。

母が自らを害したのは、恐らく、先日の父の言葉とエレナの存在が原因だということから、このままでは母は壊れてしまうからと、父に転地療養を提案して拒まれたことまで。

聞きおえた兄は、ひどく痛ましそうに「そうか」と呟いた。

「きっと、私の存在も王妃殿下を苦しめているのだろうな」

「そんな……」

「いいのだよ、エレナ。私は不義の子だ。目障りに思われて当然だ。……それでも、王妃殿下は幼い私にやさしくしてくれたよ。私は、そのやさしさに何も返せなかったが……」

自嘲混じりに微笑む兄に、エレナは目を伏せる。

そんなことはない、と言ったところで慰めにはならないだろう。

「君の言う通り、ここにいる限り、彼女の心が癒えることはないのかもしれないね……」

噛みしめるように兄が呟く。

「はい」と頷いて、エレナは思った。やはり、今のままではだめだと。

「……お兄様。私、このままではいけないと思うのです」

決意をこめて顔を上げ、兄の手をとって、強く訴えるように握りしめる。

「このままではいつか、また、お母様は同じようなことをなさるかもしれません。幸い、今回は間にあいましたが……」

懸念を口にすれば、兄はグッと眉をひそめた。

「……ああ。次も間にあう保証はないだろう」

「ええ。ですから、いつか……いいえ、近いうちに、お父様と、戦う覚悟を決めなくてはいけないと思うのです……！」

母を失わないためには、父に立ち向かわなくてはいけない。

そう告げると、兄はエレナから顔を背けるように窓の外へと目を向けた。

「……そうかも、しれないね」

視線を合わせぬまま答えた兄の声は震えていた。

強ばり、青褪めた横顔を見つめながら、エレナは口にしようとした問いを呑みこんだ。

――お兄様も、一緒に戦っていただけますか？

心の中で尋ねたところで、答えが返ってくることはない。

エレナは静かに兄から視線をそらし、彼が見ているのとは反対側の窓に向けた。

それから馬車が停まるまで、重苦しい沈黙の中、流れゆく夜の闇を見つめていた。

離宮に着いたところで礼を言って降りようとしたエレナに、兄は「部屋まで送るよ」と声をかけ、先に外に出て、スッと手を差しだしてきた。

「……ありがとうございます、お兄様」

その手に手を重ねて地面に降りる。

兄が御者からランタンを受けとって、並んで私室へと向かった。

侍女や使用人たちは眠りに就いているのだろう。しんと静まりかえった離宮の中、玄関ホールを抜け、階段を上がっていく二人の足音だけが響く。

三階まで上がったところで、エレナはいつの間にか詰めていた息を、そっと吐いた。

後は右に向かって、幾つかの客室の前を通りすぎて突き当たりまで、まっすぐに進んでいけばいい。

部屋に戻ったら、何も考えずに眠ってしまいたい。

――お母様のことは、リュシアンが戻ったら相談してみようかしら……。

きっと彼ならば、エレナが一人で悩むよりも良い案を授けてくれるはずだ。

今日は、もう充分だろう。色々なことがあって、すっかり疲れてしまった。

――お兄様も、このような夜中まで、さぞお疲れでしょうね……。

歩きながら、チラリと兄の様子を窺うと、兄はどこか思いつめたような顔をしていた。

先ほどのエレナの言葉で、色々と考えこんでしまっているのかもしれない。

――お話しするべきではなかったかしら……。

部屋に着いたら、兄の心が落ちつくように紅茶の一杯でもふるまいたいところだが、今の時間は厨房の火も落とされている。

申しわけなく思いながら、エレナは前へと向きなおり、歩きつづけた。

「……送ってくださって、ありがとうございました。お兄様」

私室の前に着いたところで足をとめ、兄に微笑みかける。

兄は「うん」と答えて目を伏せると、少しの間を置いて、消え入るような声で囁いた。

「……ねえ、エレナ」

「はい、お兄様」

「……少しだけ、時間をくれないか」

「え?」

「私もわかっているのだよ……このままではいけないと」

首を傾げるエレナに兄はポツリポツリと呟いて、唇を噛みしめた。

その後、一呼吸の間を置いて、スッと顔を上げた兄の瞳には、弱々しいが真摯な決意の光が灯っていた。

「私も、君と一緒に戦うから……どうか一人で動かず、頼っておくれ」

「お兄様……!」

パチリと目をみひらいたエレナに、兄は「うっ」と呻いて、一歩後ずさる。

「す、すぐには、無理だよっ、心の準備が……！」

「ええ、わかっております……！　そう決意していただけただけで充分ですわ！」

うんうんと頷きながらエレナは胸が熱くなり、瞳が潤むのを感じた。

兄が父への恐怖を乗りこえてでも、エレナや母を助けようと心を決めてくれた。

幼いころから痛みと恐怖によって父に支配されてきた兄にとって、その選択がどれほど困難なことなのか、きっとエレナが一番よく知っている。

兄の言う通り、すぐには無理だろう。

エレナが願うよりも、ずっと時間はかかるかもしれない。

それでも、兄の変化が嬉しかった。

「ありがとうございます！　お兄様！」

こみあげる喜びのまま子供のようにギュッと抱きつけば、兄は「わっ」と驚いたように目をみはり、それから、やさしく抱き返してくれた。

「……ごめんね、エレナ。決心するのが遅くって」

「いいえ……いいえ……！」

嬉しいです、お兄様――喜びを口にしようとしたそのとき、階段を上がってくる微かな足音がエレナの耳に届いた。

「……お兄様、誰か来ます」

「え？　何も聞こえないけれど……」

この時間に使用人たちが三階へ上がってくることはない。来るとしたら──。

「誰だろう、リュシアンかな？」

兄の言葉にエレナは「いいえ。彼なら家に帰っているはずです」とかぶりを振った。

いったい誰だろう。心細さにすがりついたところで、兄がビクリと身を震わせる。

「お兄様？」

見上げれば兄の顔から血の気が引いていた。足音の主がわかったのだろう。

エレナは、考えるより先に扉をひらいて部屋に飛びこみ、兄を室内に引き入れていた。

急いで扉を閉め、震える手で鍵をかけようとするのを、そっと兄にとめられる。

「……エレナ、鍵を閉めて寝たふりをしたところで、素直に諦めるような方ではないよ。扉を蹴破られるだけだ」

「……はい」

力なく答えた後、エレナは兄に手を引かれ、窓辺へと向かった。

テーブルにランタンを置いて、向かいあって座り、足音の主が現れるのを待つ。

やがて、ノックもなしに扉がひらいて──現れたのは父だった。

父は、ぐるりと部屋を見渡してエレナたちを見つけると、ニヤリと笑みを浮かべた。

「……月明かりの下で慰めあっていたのか？　相変わらず美しい兄妹愛だな」

嫌らしい含みを持った言葉に、ぞわりと肌が粟立つ。

エレナが思わず立ち上がると釣られるように兄も立ち上がった。

父はあの後、すぐにエレナを追いかけてきたのだろう。シフトシャツの上からガウンを羽織っただけの簡素な装いをしている。

その格好は、あの夜の兄を思いださせて、エレナは何とも言えない胸騒ぎを覚えた。

いったい、何をしにきたのだろうか。

——気が変わった。おまえの提案を呑もうと言いにきた、なんてことはないでしょうね。

息を呑んで見つめるエレナと兄に向かって、父は要件を告げた。

「立会人を務めにきた」

「……え？」

「王族の閨には立会人がつきものだ」

「——なっ」

父の言葉の意味を理解して、衝撃のあまり、エレナは思わず一歩後ずさった。

つまり、父は、エレナと兄が交わるのを見届けにきたのだ。

「あの、ですが、父上、初夜ならば先日——」

兄が戸惑う声でとりなそうとするのを、父は「黙れ」と切りすてた。

「念のためだ。蒔《ま》く種は多いほうが実りも多かろう。孕んでなかったならもう一度、などと悠長なことをしている暇はないのだからな」

吐きすてるようにそう言って、ふと父は嘲るような笑みを浮かべた。

「……それに、サミュエルは滞りなく済んだなどと言っていたが、おまえのような腰抜けがまともに女を抱けたかどうか怪しいところだ。穴を間違えていてもおかしくない」

「なっ、そ、そのようなことは、ありません……！」

羞恥と屈辱に身を震わせる兄に「どうだかな」と父は肩をすくめると「さっさとあれを寝台に連れていけ」とエレナのほうに顎をしゃくった。

振り向いた兄と目があって、エレナはビクリと身を震わせる。

「……お兄様」

兄の深い青の瞳には、色濃い恐怖が揺れていた。

コツコツとテーブルを回ってきた兄の手が手首にかかり、そっとつかまれて、エレナの胸に諦観と悲しみがこみあげる。

けれど、兄はそこから動くことなく、エレナをその背に庇って父に向きなおった。

「……申しわけございません。できません」

「ほう、なぜだ」

冷ややかに問われ、兄の背が震える。

「……既に身ごもっている可能性もありますし、それに……っ」

「それに？」

「その、父上がお立ち会いになられていては、私が機能しない可能性が高いかと……っ」

「ほう、見られていては勃たないと？」

「っ、も、申しわけござ――っ」

苦しまぎれの言いわけを父は鼻で笑うと、次の瞬間、兄の頬に拳を打ちつけた。

「――っ」

「この無能が！」

よろめいたところで、ガンとこめかみを殴られ、たまらず兄は床に倒れこんだ。

「お兄様っ」

かがみこもうとしたエレナの胸倉を父の手がつかみ、乱暴に引き上げる。

「兄妹そろって無能とは、つくづく私は子に恵まれぬな！」

吐きすてる語気の荒さに、エレナは身をすくめる。

胸倉をつかむ父の手に力がこもってドンと胸を押され、次の瞬間、背に衝撃が広がる。

息が詰まり、けほ、と噎せて、目をひらく。

視界に映る見慣れた天井と窓に、エレナは、自分がテーブルに押し倒されていることに
気付いて、息を呑んだ。

「――私がやる」

エレナを見下ろす父が、醒めた口調で呟く。

一拍遅れてその意味を理解して――エレナの背に戦慄が走った。

「っ、お父様、何をおっしゃるのですか!?」

「フレデリクも私も、おまえと血の繋がりが半分なのは変わらない。ならば、どちらでも同じことだろう」

同じなわけがない。受けいれられるはずがない。

実の父と、母の夫と交わるなど、それも母が自害しようとした夜に。

「お母様を裏切るおつもりですか!?」

「裏切る？　裏切りなものか。これはミレーヌを救うための正当な行為だ。ああ、そうだとも……！」

唇の端を歪めて、父は一人で納得したように頷く。

「……フレデリクに任せるよりも、いっそこちらのほうが正しい。私の過ちで、おまえのような無能な聖女が生まれたのだ。過ちは正さねばならない。ミレーヌを救う聖女は私が作らねばならぬのだ！」

妻を助けるために、娘を孕ませることが正しいと言うのか。

――狂っているわ……！

慄然と身を震わせたところで、シフトドレスの裾をつかまれた。

ぐいとまくり上げられ、悲鳴を上げた刹那、胸倉をつかんでいた父の手がエレナの喉にかかった。体重をかけられ、潰された喉から、ぐう、と呻きがこぼれる。

息苦しさに喘ぐが、父は手をゆるめようとはしなかった。

シフトドレスが膝上までめくりあげられる。

次いで、耳に届いた衣擦れの音に血の気が引いたそのとき、突然、父の身体がぐらつき、エレナの視界から消えた。

「エレナ、逃げろ！」

突然の声にハッと跳ね起きてみれば、倒れこんだ父の脚に兄がしがみついていた。

「お兄さ――」

「いいから、逃げろ！」

裏返った声で命じられ、考えるよりも早く身体が動いた。

テーブルから転げるように下り、扉に向かって駆ける。

扉をくぐるときに父の怒声と何かがぶつかる音、兄の悲鳴が耳に届いたが、振り返りたいのを堪え、エレナは廊下へと走りでた。

――ああ、ごめんなさい！　お兄様、ごめんなさい！

きっと怪我をしたはずだ。すぐにでも戻って治してあげなくてはいけないと思うのに、エレナは足をとめることができなかった。

ガウンを翻し、息を切らして離宮の廊下を駆けながら、知らず瞳から涙があふれる。

――嫌。嫌。絶対に、嫌！

慣れない全力疾走で跳ねあがった鼓動が乱れ、耳の奥でうるさく鳴り響く。

こんなことは無意味だ。父を怒らせるだけ。逃げきれるはずがない。逃げる場所もない。

そう、頭ではわかっていても、とまれなかった。

父には抱かれたくない。いや、違う。誰にも、リュシアン以外には抱かれたくない。

この身にふれるのは彼だけがいい。

もし、父に捕まってしまったら、明日、いったい、どんな顔をしてリュシアンに会えばいいのだろう。

悍ましいできごとを知った彼は、穢されたエレナをどのような目で見るだろうか。

その光景を想像した途端、ギュッと胸が痛み、新たにあふれた涙で視界が歪んで――。

「っ、きゃっ」

階段まであと少しというところで自らの足に躓き、エレナは勢いよく廊下に倒れこんでしまった。膝と右肩に鋭い痛みが走る。

呻きながらも必死に手をついて身を起こし、立ち上がろうとした瞬間。

背に重たい衝撃が落ちてきて、ぐしゃりとエレナは廊下に押し潰された。

「……おまえが愚鈍でよかったと初めて思ったぞ」

嘲けるような父の声が降ってきて、エレナは絶望に身を震わせる。

「っ、ぅ、お父様……っ」

「手間をかけさせおって」

そう言って、父はエレナの背に乗せた足に体重をかけ、ゴッと蹴りつけた。

背骨と肋骨、肺に響く痛みに、エレナはたまらず悲鳴を上げる。

父の足がどけられた後も、痛みの余韻ですぐには動けなかった。

ガウンをめくられたかと思うと、俯せた身体の尻の下辺りにずしりとかかる重さを感じ、サッと血の気が引く。

首を捻ってみれば、父がエレナの両脚を跨ぐように膝をついていた。

「この格好は初めてか？」

薄笑いで問われ、エレナは、わけがわからずゆるゆるとかぶりを振る。

「何だ、あるのかないのかどちらだ？　……まあいい。多少痛むだろうが、罰だと思え」

唇の端を歪めて命じたと思うと、不意に父は不快気に眉をひそめた。

「その髪も瞳も、嫌になるほど、私やブランディーヌに似ているな……なぜ、ミレーヌに似なかった。その色では勃たん……！」

吐きすてるように呟くと父はエレナのガウンをさらにめくりあげ、バサリと頭に被せた。

視界が闇に染まり、エレナが悲鳴を上げると「黙れ」という低い怒声と共に鈍い痛みが背中に走った。

「げほっ、うぅ」

「……ほう、この手ざわりは悪くないな」

シフトドレスの裾がまくり上げられ、剝きだしの脚を父の指が這いまわる。

悍ましさに吐き気すら覚えながら、エレナは声を振りしぼった。

「やっ、いや……っ、さわらないで、いやぁっ」

ジタバタともがけば、舌打ちと共に、再びエレナの背に鈍い痛みが走る。

先ほどよりも重い衝撃に一瞬息がとまり、フッと気が遠くなりかけたそのとき。

階段をのぼってくる微かな足音がエレナの耳に届いた。

使用人か、玄関前に立つ衛兵の誰かが物音を聞きつけ、様子を見に来ようとしているのかもしれない。

「お父様、誰か……」

「そうだな。来るな」

答える父の声に混じる面白がるような響きを感じとり、エレナは身を震わせた。

父は、この状態を見られてもかまわないというのだろうか。

誰かが来たとして、王の命に背いてまで助けてくれる可能性は低いだろう。

それどころか、父の命ずるままにエレナを押さえつけて、脚をひらかせようとするかもしれない。

誰かに見られながら犯されるくらいなら、いっそ今すぐ舌を噛みきってしまおうか――心が折れそうになって、エレナはグッと歯を食いしばった。

――嫌よ。諦めない。

幸い、父はエレナの心を踏みにじるために、足音の主が来るまで待つつもりのようだ。現れた人物に父が気を取られたら、そのときがきっと最後の機会だろう。

息を殺して、その誰かが近付いてくるのを待っていると、やがて、きぃ、と微かな金属音が耳に届いた。ランタンが揺れる音だろうか。

近付いてきた足音が三階の廊下に出て、ピタリととまる。

エレナの上で身じろいだ父が、現れた人物と向きあったのがわかった。

スッとその誰かが息を吸いこむ気配がして、エレナの耳に届いたのは――。

「――何をしていらっしゃるのですか、陛下？」

ここにいるはずのない、リュシアンの声だった。

「このように夜分遅く、このような場所で、いったい何をなさっておられるのですか？」

父に問う声は、明らかに異常な状況を前にしているとは思えない落ちつきはらったもので、却ってエレナを戸惑わせた。

「見てわからぬか？」

嘲るように言いながら、父の手がエレナの剝きだしの脚をつかむ。

その手が脚から尻へと這いあがってくるのを感じ、ひ、とエレナが身を強ばらせた瞬間。

「いえ、わかります」

奇妙なほどに凪《な》いだ声が響いて、とん、とリュシアンが床を蹴る気配がしたかと思うと、ひゅん、とエレナの頭上で何かが空を切った。

父の呻きと共に、熱い飛沫がシフトドレスの背に落ちてくる。

次いで、ゴッと鈍い音が響くと同時に脚の上にあった父の重みが消えた。

そして、足早に誰か——リュシアンだろう——がエレナの傍らを通りすぎ、背後にいる父の前に立つ気配がした。

ガウンで覆われた視界の中、エレナはパチリと目をみはる。

いったい何が起こったのだろう。

「っ、き、貴様、自分が何をしたか、わかっているのかっ」

「何を？　ええ、わかっておりますとも。守るべき主が狼藉者に襲われていたので、騎士として務めを果たしたまでです……！」

背後から聞こえる父の声が妙にくぐもって聞こえる。返すリュシアンの声は静かだが、その奥には燃えたつような激しい怒りが滲んでいた。

「狼藉だと？　これは崇高なる儀式だ。尊き血を掛けあわせ、純血の聖女を作りだそうとしているのだ！　こやつはそのために産まれた。これの胎はそのためだけにあるのだ！」

憎々しげに吐き捨てた父の声に被さるように、鈍い打撃音と低い男の呻き声が響いて、エレナは息を呑んだ。

――ああ、リュシアン！

父をとめなくては、と、エレナは震える腕にグッと力をこめて身を起こし、視界を遮るガウンをつかんで振り返った。

「お父様、おやめ――」

ガウンを外して見えたのは、父の胸倉をつかんで殴りつけるリュシアンの姿だった。

すべての感情が削ぎ落ちたような顔で、彼は父の顔に拳を打ちつける。彫像めいた美貌なだけに、その光景は鬼気迫るものがあった。

束の間、エレナは彼の横顔に呆然と見入り、けれど、彼の拳――すべらかな白山羊の手袋が赤く染まりつつあるのを目にして、ハッと我に返った。

「リュシアン、やめて、死んでしまうわ……！」

「っ、エレナ様!?」

弾かれたように振り返ったリュシアンは父を放り出すと、床を這うように近付いてきて、エレナの頬に手を伸ばした。

「ああ、エレナさ――」

その手が彼女にふれる寸前で、ピタリととまる。

スッとアメジストの瞳が動き、血に染まった手袋に向けられて、次の瞬間。

「汚らわしい」

低く呟いたリュシアンは手袋を脱ぎ、父の上に投げ捨てて――エレナの頬にふれた。

「ご無事ですか、エレナ様？」

「リュシアン……？」

彼は自分が何をしているのか気付いていないようだった。

ひたひたとエレナの頬を撫でまわして、ほう、と溜め息をつき、愁眉《しゅうび》をひらく。

「お顔は大丈夫ですね……、っ、この喉は!?　何とひどいことを……！」

細い喉に残る手の跡に気付き、リュシアンは眉間に皺を寄せ、怒りに満ちた声を上げる。

ぎりりと歯嚙みをした彼が倒れた父に鋭い視線を向けて、今にも立ち上がろうとしたところで、エレナは声を強めて呼びかけた。

「リュシアン！」

彼の手に手を重ねて名を叫べば、ようやくリュシアンは自分が素手でエレナにふれていることに気付いたようだった。

あ、と目をみひらき、重なった手を呆然と見つめるアメジストの瞳が大いなる戸惑いと衝撃に揺れ、やがて、それらを塗りつぶすように歓喜の色が浮かびあがってくる。

「私、あなたにさわれて……？　壊れて、ない……？」

「ええ、そうです。リュシアン……！」

エレナは彼の手を取り、頬に押しつけるようにして微笑んだ。

「大丈夫！　ね、壊れないでしょう？」

「……ああ、エレナ様！」

感極まった声で名を呼ばれたと思うと、ぎゅむっと両手で頬を挟まれる。

それから、額をぶつける勢いで彼の顔が近付き、エレナの唇にやわらかな衝撃が走った。

「んっ、っ、んん……っ」

そして唇が潰れるほどに強く押しつけられて、はぁ、と息を吐いたかと思うと、まだ足りないというように食らいつかれる。そして唇をこじあけるように彼の舌が潜りこんできて、ぞくりとした熱さに身を震わせた。

縮こまる舌をちゅくりと絡めとられ、柔い肉がこすれあう甘やかな刺激に、重ねた唇の隙間から喘ぎがこぼれる。

ぽうっと頭が痺れてきて、エレナの意識が揺らぎはじめたころ。

隔てるものなく重なっていた唇が、ゆっくりと離れた。

ふう、と息をついたリュシアンが目を細める。

「あぁ、これで思い残すことは……まぁ、ありますが、ありません」

「え？」

彼の言葉にエレナはハッとして、伏せる父へと目を向けた。

歯か鼻、あるいは両方を砕かれたのか、その顔は朱に染まり、俯せになった胸の辺りにまで赤い染みが広がっている。

朦朧《もうろう》としながら呻く父の姿に、エレナは自分のためにリュシアンがしてしまったこと、その罪の重さを今さらながらに思い知り、血の気が引いた。

この国で王族を傷付けることは死に値する大罪だ。

「……逃げましょう、一緒に」

考えるよりも先にエレナは彼の手を取り、そう口にしていた。

リュシアンの目が驚きにみひらく。

「わ、私がいては足手まといかもしれませんが、治療だけはできます！」

その瞬間、エレナは自らの置かれたすべての立場を忘れていた。

ただ、愛しい人と離れたくないという衝動に突き動かされ、言葉を紡ぐ。

「怪我でも病でも何でも治してさしあげますから、どうか、どうか一緒に……！」

「……そうしたいところですが、きっとあなたを不幸にします」

ポツリとリュシアンが答えるのに、エレナは激しくかぶりを振った。

「いいえ！　あなたを失う以上の不幸などありません！　お願いです！　どうしても足手

まといになったら捨ててくださってかまいませんから！」

　そう告げた瞬間、息がとまるほどの強さで抱きすくめられた。

「……捨てません、絶対に。私も、あなたを失いたくない。まだ、手に入れてさえいないのに……！」

　エレナは自らの腕を彼の背に回し、精一杯の力で抱き返す。

「いいえ、もう、私はあなたのものです」

「エレナ様……！」

　不意に抱擁が強まったと思うと勢いよく引きはがされ、噛みつくような口付けが降ってきた。

　ちゅくりと舌を絡め、こぼれた吐息を舐めとられた後、唇が離れる。

　鼻先がふれあうほどの距離で見つめあいながら、リュシアンは満足そうに息をついて、彼女に囁いた。

「……愛しています。あなたが欲しい。もっとふれたい。離れたくない。ですから、私のためにすべてを捨てて一緒に来ていただけますか？」

　すべてを捨てて——その言葉に一瞬、エレナの胸に渦巻くものがあった。

　けれど、一度目をつむって振りきるようにひらき、まっすぐに答えを返した。

「はい。私も愛しています。どこにでも、連れていってください」

「はい！」

互いに瞳を潤ませ微笑みあいながら、手をとりあって立ち上がる。

そうして、リュシアンはエレナの右手を握りしめたまま、腰に佩いた剣を抜いた。

「……リュシアン？」

「エレナ様、目を閉じて耳を塞いでいてください」

奇妙なほどやさしい声で命じられ、エレナの胸に不安がこみあげる。

「何をするつもりなのですか？」

震える声で問えば、彼は少し躊躇ってから、表情を引きしめて答えた。

「陛下には死んでいただかなくてはなりません」

不穏な宣言にエレナは目をみひらく。

「エレナ様、どうかとめないでください。生かしておけば、陛下は躍起になって私たちを追うでしょう。それに、残された殿下がどのような仕打ちを受けるか……私は、誰よりもあなたをお守りしたい。ですが、殿下のことも心配なのです」

そっと眉をひそめて呟いた後、リュシアンは何かを思いなおしたようにかぶりを振り、まっすぐにエレナを見つめて微笑んだ。

「……いいえ、違いますね。私はただ、この身勝手な男を生かしておきたくないのです。今だけではなく、以前からずっとそう思っていました。この機会を逃したくありません」

残酷な物言いに、エレナは眉を下げた。

——嘘だわ。

二人を守るためだと言えば、エレナが気に病むと思ったのだろう。

だから、「自分が殺したいから殺す」と言ってくれたのだ。エレナの心を守るために。

泣きそうな顔で見つめるエレナにリュシアンはやさしく微笑み、「目を閉じてください」

と言うと剣を握りなおしてスッと振りあげた。

きらめく白刃が振りおろされようとした、その刹那。

「待て！」と兄の声が響いた。

振り向けば、廊下の奥、私室の扉に寄りかかるようにして兄がこちらを見ていた。

「……お兄様」

ふらふらと歩いてくる兄の額からはひとすじの血が流れている。

もしかすると、どこかに頭をぶつけて、しばらく意識を失っていたのかもしれない。

「お兄様、お怪我を——っ」

エレナが慌てて駆け寄ろうとすると、兄は片手を上げてそれを制した。

そこで待っていろ、というように。

ゆっくりと近付いてきた兄が、ふと目眩をおこしたように父の傍らに頽《くずお》れる。

「お兄様っ」

エレナはすぐさま膝をつき、兄の手を取ろうとして――その手を振り払われた。

「治療はいい。いらない」

「ですが……」

「大丈夫だ、いらない……！」

強ばった表情で拒まれ、エレナは睫毛を伏せる。

リュシアンは、うなだれるエレナを支えて立ち上がらせるとやさしく肩を引き寄せて、フレデリクを見下ろし、静かに問うた。

「……殿下。エレナ様のためにも、陛下を弑して逃げる時間くらいは餞別《せんべつ》にくださいますよね？」

兄は唇を噛みしめてリュシアンを見つめていたが、やがて、ゆるりと首を横に振った。

「……だめだ。殺すな。逃げることも許さない」

かすれた声で告げられ、エレナは身を震わせる。

怯える妹にチラリと目を向けると、兄は、腰に下げたドレスソードを抜いた。

「お兄様!?」

リュシアンはエレナの手を引き、自らの背に隠した。

ドレスソードを握る兄の手は心配になるほどに、ガタガタと震えている。

その様子をリュシアンは厳しいまなざしで見つめながらも、兄の真意を測りかねているようだった。

「……私たちは王族だ」

ポツリと呟いた兄の視線はエレナではなく、父に向けられていた。

「だから……だからっ」

不意に兄が目をつむり、ドレスソードの柄をグッと握りしめる。

そして、大きく振りあげて。

「私がやる……！」

ぶるぶると震える手が振りおろされ、父の背中に吸いこまれるように突き刺さり——獣じみた絶叫が夜に響きわたった。

けたたましい断末魔が鼓膜を打ち、その凄まじさに思わずエレナが耳を塞いだとき、階下から幾つもの扉がひらく音が響いた。

無数の足音が廊下を走り、階段を駆け上がってくる気配に、エレナは身を震わせる。

「お兄様っ！」

悲鳴じみた声で呼べば、兄はチラリと階段に視線を向けてから、いつものように気弱な笑みを浮かべてみせた。

「……すまなかったね、エレナ。今まで、何もしてあげられなくて……でも、ようやく、少し返せるよ」

「お兄様、どうなさるおつもりですか……!?」

「大丈夫だよ、大丈夫だから。……言っただろう、頼ってほしいって。兄らしいことを、ひとつくらいさせておくれ」

そう言って兄はリュシアンが投げ捨てた――父の血に染まった手袋を拾いあげ、自らの手に嵌め、震えながら立ち上がった。

そして、駆けつけた使用人と兵士の前で、青褪めた顔で胸を張り、宣言した。

「父上がご乱心され、聖女を穢そうとしたので、私が斬った」と。

それから、ふと眉を下げるとリュシアンに視線を向けて、わずかに首を傾げた。

これでよかったのだよね――と確かめるように。

リュシアンは頷く代わりに、スッと右手を胸に当て、深々と頭を垂れた。

兄の勇気と決断に、心からの肯定と感謝を示すように。

第七章　遮るものなく

「……エレナ、心の準備はいいかい？」

「はい、お兄様」

差しだされた兄の手を取り、花嫁姿のエレナは王室礼拝堂の扉の前に立った。

ゆっくりとひらかれた扉の向こう、真っすぐに伸びた深紅の絨毯――身廊《しんろう》の先には、きらきらと輝くバラ窓のステンドグラスが見えた。

夏の陽ざしが色とりどりのガラスを通して礼拝堂の中にふり注ぎ、七色の光が祭壇の前に立つ純白の騎士服をまとった美貌の花婿――リュシアンを神々しく照らしている。

左右に並ぶ、白百合が飾られた信徒席には、招かれた貴族たちが並んでいる。

複雑そうな顔をしている者や羨ましげな顔をしている者もいたが、多くは笑みを浮かべて、清貧の聖女と商人貴族の婚礼を祝福していた。

父と対峙した夜から二ケ月。

エレナはリュシアンと正式に婚約し、今日、婚礼の日を迎えた。

あの後、父を傷付けた兄が罪に問われることはなかった。

この国の王族は尊き存在として、その身の安全が強固に守られている。多少の横暴も許され、罪を犯したとしても、命まで奪われることはない。

父の横暴を支えてきた法を逆手にとって、兄は、あのような行動をとったのだ。

自分ならば、死罪になることはないだろうと。

それでも、王位継承権を剝奪《はくだつ》され、幽閉される覚悟はしていたそうだが、王家の醜聞を厭《いと》うた議会は満場一致で父の「病による退位」と兄の即位を支持し、兄は王となった。

もっとも議会の望みも虚しく、あの夜集まった使用人や兵士の口伝により、父の所業は国中に知れわたることとなってしまったのだが……。

幸いにも怪我の功名と言うべきか、兄は『聖女を救うために悪しき王を倒した英雄』として民から讃えられているそうだ。

そのことを知った兄は「民の期待に応えられる王になりたい。二人にも協力してほしい」とエレナとリュシアンの手をとり、深々と頭を下げた。

エレナは「もちろんですわ！」と頷き、リュシアンも「陛下のご恩に報いるためにも、喜んで」と微笑んでいた。

父の支配からときはなたれた兄は、この二ケ月間で王としての自覚と風格をメキメキと身に付けつつある。

——お兄様、逞しくなられたわ。

傍らに立つ兄がエレナに向ける微笑みは相変わらずおっとりとしているが、その背すじは凛と伸び、瞳にも力がみなぎっている——とまではいかないが、迷いは感じられない。導かれるのを待つ気弱な羊から、羊を導く勇敢な山羊へと変わったようだ。

「……足元に気をつけて、エレナ。それと、私ではなく花婿を見ないと……リュシアンに私が嫉妬される。せっかく私付きの近衛として戻ってきてくれたばかりなのに、辞めたいなんて言われたら困ってしまうよ……」

しょんぼりと眉を下げる兄に、エレナは、ふふ、と頬をほころばせて正面に向きなおり、厳かに一歩を踏みだした。

「はい、お兄様」

抱えた白百合の花束が、歩みに合わせて甘い芳香を振りまく。

純白のシルクサテンのドレスに散りばめられた無数の真珠が、高窓から差しこむ陽ざしを受け、朝露のようにきらめいている。エレナが歩くたびに、長い裳裾《もすそ》がふわりとなびくそのドレスはラポメ夫人に発注したものだ。

夫人が初めての大役と高額受注に興奮しながら、腕によりをかけて手配したドレスは、エレナの華奢な身体の曲線を実に美しく際立たせている。

ふわりと顔と背中を覆うのは、シフォンのベール。

ベールを留める髪飾りは、金の枝葉に小粒の真珠を花のように散りばめた清楚ながらに凝ったデザインで、信徒席の最前で感涙に咽んでいるであろう、ヴェルメイユ侯爵からの贈り物だ。

オルガンの音色と聖歌隊の澄んだ歌声が、幾重にもアーチを描く高い天井に響く。

拍手の間を進みながら、エレナは列席者に視線を走らせて、そっと溜め息をこぼした。

その最前列に座っていてほしかった母の姿はない。

あの夜から十日後、母は、生まれ故郷に戻った。母自身と――父の療養のために。

そう、あれだけの傷を負っても父は死ななかったのだ。

ただ、兄の刃が背骨を傷付けたことで、下肢が動かなくなってしまった。

リュシアンに折られた歯もそのままのため、老人のような生活を余儀なくされている。

最初のころは「エレナに治させろ！」と喚いていたそうだが、母に窘められ、慰められながら世話をやかれる内に、すっかり大人しくなったという。

先日届いた母からの手紙には「お父様のことは心配しないで。もう、あなたたちに迷惑をかけないよう、私も強くなるわ」「婚礼には出られないけれど、あなたたちの子供が生まれるころには元気になって会いに行きます」としっかりした手すじで書かれていた。

故郷の森に戻り、世話をされる側からする側に変わったことで、母の心にも大きな変化が起きたようだ。

――お母様は、私が思っていたよりもずっと、お父様を愛していらしたのね……。

エレナは少しばかり複雑に感じながらも、母の心が救われたこと――十八年来の望みが叶ったことを心から喜ばしく思っている。

この場に母がいてくれないのは、やはり寂しい。

けれど、元気になった母と再会できる日が、今から楽しみでならない。

――子供が生まれるころには、会いに行くと言ってくださったものね……ああ、一刻も早くお会いしたいわ！　いつになるかしら！

エレナは深紅の絨毯を踏みしめながら、口元をゆるませ、それからポッと頬を染めた。

――私ったら……！

子供が生まれるということは、その前があるわけで。

これでは「一刻も早く授かりたいわ！」と願ったも同然ではないか。

――もちろん、そうなったら嬉しいけれど……。ええ、もちろん、できるならば一刻も早く……そうね……ええ、授かれたなら嬉しいわ！　命は尊いものですもの！

心の中で言いわけをしている間に祭壇の前に辿りつき、エレナは兄からリュシアンへと託された。

——ああ、今日も……いいえ、今日は一段と美しいわ……！

チラリと花婿に目を向けて、エレナは、ほう、と溜め息をこぼした。

リュシアンは普段の騎士服の上、左肩に金モールで縁どられた礼装用の純白のペリースを羽織っていた。

かつての軽騎兵の装いだという片マントのような上着は、彼が動くたびにひらりと翻り、騎士服の凛々しさに華麗さを添えている。

じっくりと見つめてしまいたくなるのを堪えて、エレナは正面を向いた。

讃美歌が終わると、司教が聖典の一節を読みあげ、祝福の祈りと言葉を二人にかける。

朗々とした響きに耳を傾けながら、ふと視線を感じて、傍らに立つ新郎を見上げれば、パチリと視線があった。

シフォンのベールの向こうから蕩けるような微笑を向けられて、鼓動が跳ねる。

「……お美しい」

エレナだけに聞こえる声で、リュシアンが呟く。

慌てて正面に向きなおりながら、エレナの頬は燃えるように熱くなっていた。

震える声で永遠の愛を誓い、誓われて、それから指輪を摘まみあげた彼の手が、そっとエレナの左手にふれ、持ちあげる。手袋ごしではなく、素手のままで。

その瞬間、信徒席から微かなどよめきが起こった。

「……おお！　本当に、さわれるようになったのだな……！」

「まあ、まさに聖女様の奇跡ですわね……！」

耳に届いた言葉に、エレナの胸に感慨がこみあげる。

三年前と違い、彼の手は震えることなく、しっかりと彼女の手をつかんでいる。

――聖女の奇跡などではないわ……彼が勇気を出して、乗りこえてくれたのよ。

リュシアンは、エレナの手を取り、結ばれたいと望んでくれた。

だから、こうして今、ふれあっていられる。

この幸福は二人でつかみとったものだ。

金色の指輪が薬指におさまり、そっと離れていくリュシアンの手を名残惜しく感じながら、エレナも指輪を摘まんで彼の左手をとり、夫婦の証で薬指を飾った。

「それでは、誓いの口付けを……」

厳かに促す声に、静まりかけていたざわめきが盛り返す。

花嫁の手にはさわれた。だが、唇はどうだ。できるのか。

ひそひそと囁きかわしながら見守る人々の視線に、エレナは気恥ずかしさと共に少しの腹立たしさを覚える。

リュシアンは、これまでずっと、このような好奇のまなざしを向けられてきたのだ。

この分では、もしも今、彼が上手く口付けられなかったら、当分の間、社交界の笑い話にされてしまうだろう。

　エレナは眉を寄せると、ベールに手をかけたリュシアンにそっと囁いた。

「……あの、リュシアン。もしも辛くなりそうでしたら、ふりだけでかまいませんから」

　上手く角度でごまかせば、列席者からは口付けたように見えるだろう。

「……お気遣い痛み入ります」

　一呼吸の間を置いて厳かに答えると、リュシアンはベールをめくりあげた。

　シフォンの薄膜が消え、遮るものなく見つめあい、微笑みあう。

　彼の手がエレナのうなじをつかんだと思うと、グッと顔が近付き、唇が重なった。

　おお、と上がった信徒席のどよめきが耳に刺さる。

　――ああ、よかった。無事にすんだわ……！

　頬の熱さを感じながらも、ホッと息をつき身を離そうとすると、リュシアンはエレナの頬に手を添えて、いっそう口付けを深めてきた。

　きゃああ、と甲高い歓声が耳に届き、エレナも心の中で悲鳴を上げる。

「んっ、んんー!?」

　唇をこじあけて舌が入ってくる。ちゅくりと口内で水音が響いた瞬間、思わずエレナは手にした花束で花婿の脇腹を叩いていた。

「……失礼いたしました。歓喜のあまり我を忘れてしまいました」

さらりと言って身を離し、リュシアンは何事もなかったかのように司教に向きなおった。耳まで赤く染まったエレナは、涼しげな花婿の横顔を潤む瞳でキッと睨みつけ、ぷいと前を向く。

――ここまでしなくても！　……でも、まあ、歓喜のあまりなら仕方がないかしら。

怒りながらも、気付けば頬をゆるめていた。

その後、この誓いの口付けは、しばらくの間、エレナの懸念とは違った方向で社交界の話題となったのだった。

＊　＊　＊

「……本当に賑やかでしたわね」

婚礼の後のパレードを終えて、幽閉場所から夫婦の新居となった離宮に戻ったエレナは、ベールを外して花婿に微笑みかけた。

「あれほど、たくさんの人が集まってくれるとは思いませんでした」

「それだけ、あなたが民に愛されているということですよ」

リュシアンの言葉に、エレナは「そうかしら」と面映げに睫毛を伏せた。

当初は、二人の婚礼を王都の大聖堂で行う案もあったのだ。

けれど、婚約が発表されてすぐに「聖女様の晴れ姿を一目見たい！」と言う民の嘆願が山のように届き、群衆が詰めかけてパニックになるだろうからと中止になった。

そして、婚礼自体は王室礼拝堂でこぢんまりと行い、代わりに王都を馬車で一巡りして、民に新郎新婦のお披露目をすることに決まったのだ。

この離宮が新居となったのも同じ理由からだ。

ヴェルメイユ家のタウンハウスは王都のメインストリートに建っている。様子を見ようと門の前に集まったり、忍びこもうとする者が出るだろうから、当面の間は離宮に留まったほうがいいだろうと、リュシアンや兄と話しあって決めたのだ。

「ええ、そうですとも。あなたほど美しく、慈悲深く尊き存在に心を奪われぬ者などおりませんよ……エレナ」

そう言って、今度はリュシアンのほうが面映げに目を細めた。

婚約を機に呼び方を変えてもらったものの、いまだに彼は敬称なしでエレナを呼ぶのに慣れないようだ。

甘く囁く声には仄かな照れが感じられて、エレナは耳がくすぐったくなった。

「……ありがとう、リュシアン」

ふわりと笑みを交わしたところで、すとんと沈黙が落ちる。

祝宴で酔った誰かが騒いでいるのか、窓の外からは賑やかな声が遠く聞こえてくる。

視線を合わせたまま、リュシアンはペリースを脱いで、エレナの手からベールを取りあげると、まとめて腕にかけた。

「……何か、お口になさいますか」

彼の視線を追って、エレナは寝台横のナイトテーブルに目を向けた。

煌々と灯った枝付き燭台の傍ら、銀の盆の上に、白葡萄酒《しろぶどう》の瓶とヘタのない苺がガラスの器に盛られて、ちょこんと置かれている。

赤い果実は、たった今摘んできたように艶やかな輝きを放っている。

恐らく、二人の帰りを見計らってメイドが用意したものだろう。

婚約が決まってから、リュシアンは兄の許可を取って離宮の使用人を一新した。

以来、エレナは一切の不便を感じないどころか、これほど過ごしやすくていいのだろうかとたまに不安になるくらいだ。

「……では、苺をいただこうかしら」

答えると彼は「はい」と微笑み、手にしたものを寝台において、苺を一粒摘まみ上げた。

「……どうぞ」

口元に差しだされたものにエレナはパチリと目をみはり、それから、ポッと頬を染める。

食べさせてほしいと言ったつもりはないが、おねだりしたような形になってしまった。

「……ありがとう」

礼を言ってひらいた唇に瑞々しい果実が押しこまれる。

目をつむれば、コトリと歯列を乗りこえて、舌の上に愛らしい重みが落ちる。

最後に、硬い指先が唇を一撫でして離れていった。

舌の上で転がして、ぷちゅりと奥歯で嚙みしめれば、甘酸っぱい味と爽やかな芳香が口いっぱいに広がる。

ゆっくりと味わってから、コクリと飲みこみ、ほう、と息をつく。

「……美味しい」

呟いたところで彼の手が頰にふれ、くいと上を向かされて口付けられた。

「ん……、ふ……ぁ」

潜りこんだ彼の舌が果汁を舐めとるように彼女の舌をなぞり、ちゅくりと絡んで離れる。

「……確かに良い味ですね。もう一粒、召しあがりますか？」

「ありがとう。……ですが、もう充分です」

エレナは顔を赤らめながら、ふるりと首を横に振る。

リュシアンは「そうですか」と満足そうに目を細めると、エレナの頰から首すじへと指をすべらせた。

「では、もう……脱がして、ふれても、よろしいですか？」

「……はい」

エレナは睫毛を震わせて、キュッと目をつむり、頷いた。

「どうぞ、ふれてちょうだい」

「では、遠慮なく」

宣言するやいなや、リュシアンの手が鎖骨をかすめてドレスの胸元に落ちた。

正装ということもあって、今日のドレスは胸元部分が大きくひらいた前あきタイプで、リボン飾りをあしらった逆三角形の胸当て《スタマッカー》で隙間を埋めている。

その胸当てを留めるピンを、リュシアンは次々と引きぬいては騎士服の袖に刺していく。

やがて、すべてのピンを抜いて胸当てを外すと、リュシアンはエレナの後ろに回って、花びらをひらくようにドレスを脱がせた。

抗うことなく腕を抜きながら、エレナは頬が熱くなる。

生まれてから何百回と侍女にしてもらったことだというのに、どうして、これほど胸がドキドキするのだろう。

――リュシアンだからだわ……。

好きな人の手だから。ドレスを脱いだその先があるとわかっているから、喜びと期待に胸が高鳴るのだ。

気付けば、エレナは息さえひそめて、コルセットの結び目を解きはじめた彼の指の動きを追っていた。

しゅるりしゅるりと紐がこすれる音がやけに大きく耳に響く。

締めつけがゆるみ、ふわりとコルセットが外されたところで、エレナは声をかけた。

「……ねえ、リュシアン」

「はい」

「私も……あなたを脱がしていいかしら」

「……どうぞ」

「ありがとう」

くるりと回って向きあって、エレナは騎士服の上着に手を伸ばす。

ぷちりと喉元のボタンを外したところで、お返しのように彼はエレナのペティコートの結び目に手を伸ばした。

エレナが拙く震える指で上着のボタンを外す間、リュシアンは、ガウンペティコート、スカートを広げるためのフープ付きのパニエ、アンダーペティコートと、次々に結び目をほどいては彼女の足元へと落としていく。

まるで何かの儀式のように、言葉なく、ただ見つめあいながら互いの服を剥いでいく。

シフトドレスとガーターリング、絹のストッキングを残して一足先に花嫁を剥きおえたリュシアンは、そこで手をとめ、エレナが上着のボタンを外しおえるのを待った。

それから、彼女の手をそっとつかむと眉を下げ、はにかむように微笑んだ。

「後は、寝台で……自分で脱いでもよろしいですか？　恥ずかしながら、待ちきれませんので……」

そう言って、リュシアンは花嫁の身体を薄いリネンごしに視線でなぞり、うっとりと目を細めた。

そのまなざしにこもる熱に、エレナは頬を染め上げながら、キュッと目をつぶって。

「……ええ、かまいませんわ」

羞恥と期待に震える声で、そっと答えを返した。

どさりと寝台に倒され、熱のこもった口付けが降ってくる。

目をつむり、必死にそれに応えながら、エレナは忙しない衣擦れの音を聞いていた。

やがて、音がとまり、唇が離れる。

そっと目をあけて、エレナは小さく息を呑んだ。

ナイトテーブルに置かれた燭台の炎に照らされた彼の裸身は、男神の彫像のようだった。

すべらかな肌、盛り上がった肩、厚い胸板に引きしまった腰。

逞しさと優美さが同居する神々しいまでの美しさに、エレナは見惚れ、それから、ふと不安を覚えた。

「あの……リュシアン」

「はい、何でしょう？」

いそいそとエレナのストッキングを脱がしながら、リュシアンが微笑む。

「今さらですが……本当に、私でよかったのですか？」

質問の意味がわからなかったのか、ストッキングに次いで右脚のガーターを外しおえたリュシアンは長い睫毛をまたたかせ、首を傾げた。

「と、言いますと？」

「だって……もう、あなたは女性にふれられるようになったのだから……」

どんな女でも選べる。どんな女でも、彼に望まれれば喜んで彼の腕に飛びこむはずだ。

それなのに、彼の妻の座を、エレナが貰ってしまってよかったのだろうか。

「……そのような心配はいりませんよ、エレナ」

リュシアンは、不安げに見上げる花嫁の頬に手を添え、顔を上げさせると微笑んだ。

「私には、あなたしかいません」

「でも……」

「私がこの世でふれたいと思った女性は、エレナ、あなただけです」

え、とエレナは目をみひらく。

「でも、以前、恋をしたことがあるとおっしゃっていたでしょう？」

そう問えば、リュシアンは「え、ええ」と狼狽えたように視線を泳がせた。

「……ですが、その、あなたとは……種族が違いますので」

「えっ⁉」

いったい、彼は、どのような相手に恋をしたのだろう。

ジッと見つめていると、彼は切なげな微笑を浮かべて目を細めた。

「信じていただけないかもしれませんが……私はずっと、女性を愛することができませんでした。あなたに会って、私は初めて人間を、女性を愛する心を知ったのです」

懺悔めいた告白に、エレナはハッと思い至る。

――もしや、お相手は男性だったのかしら……？

幼いころから女性が苦手だったならば、そういった憧れを抱いたとしても無理はない。

黙りこむエレナに何を思ったのか、リュシアンは眉を寄せ、そっと睫毛を伏せた。

「……私の初恋について、お話ししたほうがよろしいですか？」

「……いいえ」

エレナは、ゆるりと首を横に振った。気にならないといえば嘘になるが、言いたくないことを無理に聞きだしたいとは思わない。

「あなたの胸に、大切にしまっておいてください」

「……よろしいのですか？」

「はい。だって……聞いてしまったら、私、嫉妬してしまいそうですもの」

少し冗談めかして言った後、エレナはやさしく微笑んだ。

「今、あなたが私を愛してくださっているのなら、それだけで充分ですわ」

そう囁けば、息がとまるほどの口付けが降ってきた。

「──ああ、エレナ、もちろんです！　今も、これからも、この命が尽きるそのときまで、あなただけを愛します！」

美しい瞳を熱情に燃やし、リュシアンは誓いを立てる。

「あなただけだ。ふれたいと願うのも、ふれられたいと欲するのも……エレナ、私には、あなただけです」

エレナは、じわりと喜びに瞳を潤ませて想いを返した。

「私もです、リュシアン。あなたにふれて、ふれられたい」

告げると同時に、彼の手がシフトドレスをめくり上げ、エレナの頭から引きぬいた。

エレナは腰を背を浮かせ、両手を上げて、それを助けた。

寝台に横たわったエレナの身体を、アメジストの視線がなぞっていく。

──まなざしに炙られるようだわ……。

細い首から鎖骨、呼吸に震える乳房、臍の窪み。

つるりとした下腹をなぞり、その下に視線が降りてきたところで、エレナは思わず膝を閉じあわせた。

「……あまり、見ないでちょうだい……」

恥じらう声で願えば、リュシアンは愛おしげに目を細めて「では、見るのはこれくらいにして、ふれさせていただきます」と微笑んだ。

きしりと顔の横に手をつかれ、唇を食まれる。

それから、赤らむ頬と耳たぶに啄むような口付けが落とされ、首すじから胸へと、羽根でなぞるように彼の唇がすべっていく。

くすぐったさと、それだけではない淡い快感に、エレナは、そっと喉をそらして吐息をこぼす。

「ん、……ぁっ」

不意に、彼の唇が離れて、たぷりと胸をつかまれる。

うっすらと立ち上がっていた薔薇色の頂きが彼の手のひらでこすれ、エレナの声が甘く跳ねた。

すらりとして優美に見える彼の手は、こうしてふれられてみると、指の腹も手のひらもざらりと硬く、鍛錬の跡を感じさせる。

エレナの手とはまるで違う。刺繍針ではなく、剣を握る男の手だ。

「……ああ、手のひらに吸いつくようですね。やわらかくて、温かくて、しっとりとしていて……」

すっぽりと彼の手に収まった白い肉をやわやわと揉みながら、リュシアンが陶然と呟く。

「……ですが、ここはコリリとして、また愛らしい感触です」

「やっ、んんっ」

きゅうと頂きを摘まれて、ぴりりと走った快感に、エレナの唇から喘ぎがこぼれる。

「やはり、直接だと違いますね……いつまでもさわっていたい。あなたのその甘い声も、この感触も癖になりそうです……！」

静かな興奮を帯びた彼の声が耳をくすぐり、エレナは身を震わせた。

「っ、んぅっ、や、ぁあっ」

きゅ、きゅう、と感触を確かめるように指の腹で潰され、こねられて、戯《たわむ》れに捻って、引っぱられて。

そのたびに少しずつ異なる痺れが、ズキリズキリと胸の奥へと甘く響いた。

やがて、その痺れは下腹部にまで広がって、小さな胎や、ふれられてもいない脚の間を疼かせる。

エレナは、以前、シフォンごしに彼の指で嬲られた花芽が、ズキズキと熱をもっていることに気付いた。

――やはり不思議だわ……どうして、こうなるのかしら。

その疼きをごまかすように膝をすり合わせれば、ピタリと彼の手がとまった。

「……他のところにも、ふれてよろしいですか？」

熱のこもった声で問われる。他のところとはどこなのだろうか。

そっとエレナが視線で問えば、それを受けとめたアメジストの瞳が、スッと彼女の身体をなぞりおりた。瞬間、脚の間に痛みにも似た疼きが走る。

エレナは、キュッと目をつむって羞恥に震える声で答えた。

「……どうぞ、お好きになさって」

「では、遠慮なく……最初は、指よりも舌のほうがよろしいですか？」

「っ、ど、どちらでも、お任せしますわ！」

「かしこまりました」

くすりと笑ってから、寝台を軋ませて後ずさったリュシアンが背をかがめる。

ちゅ、と下腹にやさしく口付けられて、ビクリとエレナの身体が跳ねる。

それから熱い唇が肌をなぞりおり、ふわりと脚の間に彼の息がかかったと思うと食らいつかれた。

舌先で包皮を剝かれ、ふくれた花芽をちゅるりと吸いあげられる。

「――っ」

ズキリと刺さるような強い刺激に、エレナは息を吞んだ。

「えっ、やっ、あ、ぁっ、んんっ」

戸惑う間もなく新たな快感が与えられ、熱い舌でなぞられ、こねられ、弾かれるたびに腰が揺れて、唇からは子犬の甘え鳴きのような喘ぎがこぼれる。

シフォンごしに舐められたときとは比べ物にならないほどの鮮烈な快感に、エレナは身悶えた。

彼の舌が濡れた音を立てるたび、下腹部に渦巻く快感が高まっていって。

やがて、いつかのように、エレナはぶわりと弾けた熱に呑みこまれた。

「っ、ぁ、ぁあぁっ」

甘鳴と共に小さく腰を跳ねあげて、絶頂を迎えた次の瞬間。

つぷりと蜜口に指を挿しこまれ、エレナは、ひ、と息を呑んだ。

「〜〜っ」

柔い肉を押しひろげて潜りこんでくる、ごつごつと骨ばった指がもたらす奇妙な感覚に肌が粟立つ。

「やっ、太い……っ」

思わず呟けば、ふ、とリュシアンが笑うのがわかった。

「笑わないでちょうだい……！」

「申しわけございません。……ですが、私の物は、指よりは太かったと思いますよ？」

だから、指程度で音を上げられては困るというように、ぐちゅりと中を掻きまわされて、エレナはビクリと身を震わせる。

「……あぁ、熱い。温かいというよりも、熱いです。熱くて狭くて、絡みついてきて……ここに受けいれていただいたのですね……あのときは無我夢中で、じっくりと味わう余裕などありませんでしたが……」

脚の間で感慨深げに語られて、エレナの胸に途方もない羞恥と愛しさがこみあげる。

ならば今日は好きなだけ、じっくりと味わってもらいたい――などと言葉にはできない想いが伝わったのか、リュシアンは笑みを深めて頭を下げた。

「……ん、……ぁ、は、ぁあ……っ」

根元まで指を押しこまれ、やさしく揺すられながら、舌で花芽を愛でられる。

腰の奥から蕩けるような快感が広がるにつれ、やがて異物感は疼きへ、疼きは快楽へと変わっていく。

ぎちぎちと締めつけるばかりだった柔肉がとろりとほころび、指の抜き差しが始まれば、あふれる蜜がそれを助けた。

内と外、ふたつの快感が入り混じり、エレナの身体を翻弄し、溶かしていく。

二度目の絶頂に押しあげられるまで、さほど時間はかからなかった。

「つ、ぁ、～～～！」

キュッとつむった目蓋の裏で光がまたたき、がくがくと脚が震える。

つま先から頭の天辺まで熱が走り抜けて、汗が吹き出す。

ふと力が抜けた瞬間、ぶちゅりと二本目の指が差しこまれ、絶頂の余韻にひくつく媚肉を掻きまわされて、エレナは過ぎた快感に子犬のような悲鳴を上げた。

もうだめ、やめて――そう言ってしまいたかったが、すんでのところで、クッと奥歯を噛みしめて堪えた。

薄目をあけて目にした彼が、あまりにも「愛しくて可愛くてたまらない」というような熱のこもったまなざしでエレナを見つめていたから。

彼が望むのなら、好きなだけ嬲ってくれてかまわないと思ったのだ。

「ひゃっ、ぁあっ、んんっ」

立てつづけに果てへと飛ばされて、あられもない声がこぼれた。

いつの間にか三本に増えていた指に、知らぬ間に見つけだされた弱いところをやさしく指の腹で掻きむしられる。

やがて、四度目の絶頂を迎えたときには、エレナは声も上げられなかった。

頭が白く霞み、くたりと身体の力が抜けたところで、ようやく彼の手がとまり、濡れた音を立てて指が引きぬかれる。

ほう、とエレナが安堵の息をつくと、きしりと寝台が軋んで、彼が覆いかぶさってきた。

そっと頬を撫でられ、顔を覗きこまれて、エレナは、ん、と眉をひそめる。

――見ないでほしい。

きっと今の自分は、快楽に蕩けた、だらしのない顔をしているだろうから。

けれど、リュシアンは、この世で最も美しいものを見るようにエレナを見つめながら、やさしい口付けをひとつして、微笑んだ。

「……エレナ、私を受け入れていただけますか？」

胸を焦がす熱情が滲む声で問われ、エレナは迷わずに頷いた。

「ええ、もちろんです」

「ありがとうございます」

感謝の言葉と共に膝裏をすくわれ、持ちあげられる。

「んっ」

濡れた水音を立て、彼のつかんだ熱い肉塊が蜜口に押しつけられた瞬間。自分のそこが彼の切先に口付けるようにひくつくのがわかった。

じんわりと広がる羞恥と快感にエレナは目を細める。視線は知らず、リュシアンの手元に向かっていた。

彼の雄茎は美しい顔に似合わず、禍々しい形状をしていた。

先端が張りだしたシルエットは百合の柱頭と花柱を思いださせる。

だが、野太い茎にはびきりと血の管が浮きあがり、それ自体が独立した生き物のように脈打っていた。

——入るのかしら……？

仄かな不安がこみあげるが、エレナは、ふるりと頭を振って追い払う。

「……エレナ」

「大丈夫、いらして」

気遣うような声を遮り、誘う花嫁の声は、期待と少しの怖れに震えていた。

「……痛みがあれば、すぐに言ってくださいね」

興奮と渇望が滲む声で、それでもやさしく囁いたリュシアンが、エレナの腰をしっかりとつかんで、そして。

彼の指に力がこもったかと思うと、ぐちりと引き寄せられた。

「ぁ、ぁあ……はぁ……っ」

果肉を割りひらくような濡れた音と共に、丸みを帯びた切先が柔い肉をかきわけ、奥へ奥へと潜りこんでくる。

ずしりと腹に響く膨大な質量に、エレナは背をそらして大きく息をついて、その拍子に、きちりと彼を締めつけてしまった。

「……ぅ、っ」

眉をひそめ、リュシアンが小さな呻きをこぼす。

一思いに穿ちたいのを堪えているのか、エレナの腰をつかむ彼の手がふるりと震えた。

――少しくらい、痛くてもかまわないのに……。

リュシアンから与えられる痛みならば、きっと喜んで受けいれられる。

エレナは高まる心のままに、彼にねだった。

「……お願い、早くいらして」

瞬間、骨ばった指がぎちりと肌に食いこみ、微かな痛みを覚える。

そして、リュシアンの手に力がこもったと思うと、ずんと胎に衝撃が走った。

一息に根元まで埋めこまれた圧倒的な質量に、エレナは声にならない悲鳴を上げる。

「っ、あぁ、エレナ、エレナ……！」

「ひゃっ、あ、やぅっ」

息を整える間もなく、激しく揺さぶられ、意味をなさない喘ぎが次から次へとエレナの唇からこぼれる。

エレナは、身体の内側から押しひろげられる凄まじい圧迫感と衝撃に涙ぐみながらも、彼が気遣いを忘れるほどにこの行為に溺れてくれているのだと思うと、心の底から喜びがこみあげるのを感じた。

喜びはあふれる蜜となって彼の抜き差しを助け、息苦しさを薄れさせて、快感へと塗りかえていく。

「あっ、はぁ、……あぁっ」

抜けていったものが戻ってくる。もう何度目になるのだろう。

ずちゅんと奥を突かれ、エレナは小さく身を震わせ、背すじをそらす。

柔い肉をこすられ奥を突かれるたびに、下肢に響く衝撃は何とも言えずに甘く重たく、身悶えしたくなるほどに心地好い。

初めは鈍い痛みを覚えたそれも、徐々に快感として捉えられるようになってきていた。

抜き差しのたびに掻きだされ、じゅぷりと押しだされた蜜が絹のシーツへと滴り、染み入っていく。

「っ、ぁあっ」

またひとつ奥を突かれて、強まる快感に声が跳ねる。

悦びを伝え、分けあおうとねだるようにエレナの腹の内が彼の雄に絡みつき、きゅうと締めあげるとリュシアンの唇から低い呻きがこぼれた。

「……っ、は、エレナ」

ふと律動がゆるみ、汗ばむ声に名を呼ばれて、エレナは、とろりと頬をほころばせる。

「リュシアン――」

名を呼び返す前に唇を塞がれた。

貪るように舌を絡めながら、リュシアンはエレナの膝裏に手をかけ、ぐいと持ちあげて広げるといっそう強く腰を押しつける。

「っ、ぁ、ふぁ、ぁああ……っ」

胎の入り口を硬い切先でこねるように揺らされて、じんわりと奥に響く快感にエレナは蕩けた喘ぎをこぼす。

それでも、その刺激だけでは絶頂に至るには少し足りない。

もどかしさに締めつけたところで、彼が身を起こした。

「ああ、物足りないですか？　……私もです。全然、足りません」

煮溶かした蜜のような甘く熱い声で囁くと、リュシアンは互いの唾液に湿る唇をちろりと舐めてから、エレナの腰をつかんで膝の上に引き上げた。

「……きゃっ」

シーツの上を尻がすべり、背の半ばまで腰が浮きあがる。

そのまま彼が身体を前に倒せば、自然とエレナの脚は大きくひらくことになった。

視界に映る光景に、エレナは頬を染める。

汗が光るリュシアンの身体を辿れば、広げた自身の脚の間、彼の雄茎を咥えこんだ薔薇色の裂け目が見える。

——すごい……あんな風になっているのね……！

あの夜はシフォンと彼の身体に遮られ、何も見えなかった。

驚きと羞恥と興奮が頭の中で渦巻き、思わずエレナはジッとそこを見つめてしまう。

その視線に気付いたのか、ふとリュシアンが目を細めて、二人が繋がる場所をするりと指先でなぞり、微笑んだ。

「……見えますか？」

「えっ、ぁ……は、はい」

エレナは一瞬迷った後、素直に頷いた。恥ずかしくてたまらないが、見えるものは見えるのだから仕方ない。

「そうですか。私からも見えます。ああ、いいですね……これほど小さいのに、こうして健気に私を呑みこんでくれて……実に、愛らしい」

リュシアンは蕩けたような声で呟くと、もう一度、結合部を親指でなぞり、すくった蜜を花芽に塗りつけた。

内側から押しあげられ、包皮から顔を出し、ぷくりと充血した快楽の芯へと。

突然の強い刺激にエレナが腰を跳ねさせると、動いてはいけない、とばかりにその腰を押さえつけられる。

そうして、彼女の逃げ場を封じてから、リュシアンはあらためて指を動かした。

「っ、あ、ひゃっ、ぁあっぅ」

指の腹で花芽をやさしく押し潰しながら、小刻みに揺さぶられ、びりびりと下肢に響く快感にエレナは身悶える。

彼の雄茎を咥えこんでいるせいか、その刺激はいっそう強く感じられた。

やがて、ふくれ上がる快感に呑みこまれる。

「ひゃっ、あ、ぁ～～っ」

喉をそらして甘鳴を上げたところで、リュシアンも我慢が利かなくなったのか、花芽から手を離し、エレナの尻をわしづかんで突き上げた。

「ぁああっ」

肌がぶつかる湿った音が響き、跳ねたエレナのつま先が宙をかく。

そこからは荒々しい律動に揺さぶられて、エレナは壊れた玩具のごとく、喘ぎをこぼすことしかできなかった。

ごりごりと張りだした切先が蜜をかきだすように抜けでては、ずんと戻ってくる。

その繰り返しに、あふれ、飛び散った蜜が初夜の褥《しとね》をじっとりと湿らせていく。

一打ちごとに響く、ずしりと重たい快感が下腹部に溜まり、背骨に響いて、エレナの頭を痺れさせる。

もう何度果てたかわからない。ずっと高みから降りられなかった。

「あっ、ひゃ、あぁぅ、――!?」

不意にエレナの下肢で鋭い快感が弾ける。

いつの間にか閉じていた目蓋をあけて見れば、リュシアンの指が花芽にふれていた。

「もっ、いい、私はっ、もう、いいですっ、からぁっ」

過ぎた快感に、エレナの瞳から涙があふれるが、彼は動きをとめなかった。

「つ、そのようなことをおっしゃらずに、もっと、愛させてください……っ」

乱れた息で乞われ、エレナは眉を下げる。

エレナを悦ばせることが彼の愛だというのだろうか。ならば、受け入れるほかない。

「ぅうっ、は、はいっ、どうぞ、もっとあいっ、っ――ぁあぁっ」

愛してください、と伝えることはできなかった。

激しい抜き差しのさなか、指の腹で花芽を潰された瞬間、エレナは、あられもない嬌声を上げ、盛大に果てていた。

びくびくと身体が跳ね、ひくつく柔肉が咥えた雄に吐精をねだるように絡みつく。

「――っ、エレナ」

息を呑んだ彼に名を呼ばれ、きゅんと強く締めあげれば、痛みを覚えるほどの強さで尻をつかまれ、引き寄せられて――胎に衝撃が響き、彼の熱が弾けた。

「ぁ、ぁあ……、ん、ふ」

とくとくと注ぎこまれる想いの丈に、エレナは目をつむり、うっとりと吐息をこぼす。

――今度こそ、実を結んでくれますように……。

知らず、そう願っていた。

男でも女でもかまわない。奇跡の力を持っていてもいなくても。

リュシアンとの子供ならば、それだけで愛しい。

ぼんやりと願いをこめて腹を撫でると、収めたままの彼の雄茎がピクリと動いた。

「エレナ……疲れましたか？」

やさしく問いながら、リュシアンはエレナの背を抱き、引きおこす。

「大丈夫……っ」

答えながら、ん、とエレナは眉を寄せた。

膝に乗せられたことで、いっそう深く彼が刺さってしまう。

グッと胎を押しあげられて広がる甘い疼きに、もぞりと身じろぐと、大きな手が宥めるようにエレナの背を撫でた。

「……痛みは？　ありませんか？」

穏やかに問われ、エレナは頬をほころばせる。

「ないわ、ありがとう」

答えながら、愛しさがこみあげる。本当に、やさしい人。どうして、これほどやさしいのだろう。

「……愛しているわ、リュシアン」

逞しい首に腕を回して、そっと囁く。

「私も、愛しています……エレナ」

言葉の通り、愛しさに満ちあふれた声で名を呼ばれ、エレナは胸が甘く疼いた。

「リュシアン……！」

こみあげる衝動のままに顔を寄せ、唇を押しつける。

その途端、腹の中で、ビクリと彼の雄茎が跳ねるのを感じた。

一度果てたはずのそれは、いつの間にか硬くそりかえり、その存在を誇示している。

あ、とエレナが吐息をこぼして唇を離すと、彼女の背に回ったリュシアンの腕にグッと力がこもる。

アメジストの瞳に灯った熱に気が付いて、エレナは怖れと――否定しようのない期待に小さく身を震わせた。

ほう、と息をつき、目を細めた彼が、エレナの左脚にふれる。

やわらかな白い腿に留まる、純白のレースと水色の小さなリボンをあしらった愛らしいリングガーター。

ただひとつ、彼女の身体に残された花嫁の証に。

「……エレナ」

「何ですか、リュシアン」

名を呼ばれ、やさしく返す。

「もう少し……いえ、もっと私の花嫁にふれたいのです。今度は、もっとゆっくりと……よろしいですか？」

愛しい夫から心が蕩けるような甘い声でねだられて、断れるはずがない。

エレナは頬を染め、そっと彼の肩に顔を伏せて、いつかと同じ答えを返した。

「……ええ、どうぞ。どこからでも、お好きにおさわりになって」と。

あふれんばかりの愛情と、精一杯の誘いをこめて。

エピローグ　ずっと、ふれていて

庭が金色に色付く、秋晴れの午後。

さんさんと陽ざしが注ぐヴェルメイユ家のカントリーハウスのサンルームで、エレナはせっせと刺繍針を動かしていた。

安楽椅子に腰かけた彼女の手には、刺繍枠に挟まった小さなよだれかけ。

ほっそりとした身体は、よく見れば腹のあたりがほんのりとふくらんでいる。

王都は何かと騒がしいから無事に身ふたつになるまでは安静にと、彼女がこちらに居を移したのはつい先日のことだ。

子供はサミュエル医師が取り上げることになっている。

初夜の身代わりを含めて、すべてを知った彼は「よかった」と安堵の涙をこぼしていた。

目元を拭うサミュエルを見つめながら、エレナは自分が思っていたよりもずっと、彼は自分たち兄妹を案じていたのだと知って不思議な感慨を抱いたものだ。

「……よし、と」

白い木綿に刺された赤い苺。その天辺に、ちょこんと載ったヘタを緑の糸で描きおえたところで、エレナは手をとめ、目の前のテーブルからティーカップを取った。

ガラス製のカップの傍らには、たっぷりの林檎の薄切りと皮を剝かれた白葡萄が入った果実水のポットと菫の砂糖漬けが乗ったガラスの器が置かれている。

ちゃぷりと揺れる金色の果実水を一口飲んで、ほう、と一息。

瑞々しい果実の芳香と甘酸っぱさ、仄かに混じる蜂蜜のやさしい味わいに心が和らぐ。

コクリコクリと飲み干してカップを置き、さて刺繡に戻ろうと視線を下げて。

ふわりと広がる淡い薔薇色のスカートと、その裾から覗くつま先が目に入り、エレナは頰をほころばせた。

ニードルポイントレースを贅沢にあしらった愛らしいドレスは、身重となったエレナのためにリュシアンが大急ぎで用意してくれた物だ。

精緻で繊細なレースはヴェルメイユ家のレース工房産。

完成したドレスをエレナに披露しながら、リュシアンは「ようやく、あなたに相応しい上質な物が作れるようになりました」と満足そうに微笑んでいた。

新緑のシルクサテンの靴には金の刺繡が施され、エレナの足をやさしく包みこんでいる。

靴のほうは、タウンハウスの衣装部屋からこちらに持ってきた品のひとつだ。

――すごいお部屋だったわね。

今、思いだしても、感嘆の溜め息が出そうになる。

――職人気質というのかしら、凝り性なのは以前から感じていたけれど……。

衣装部屋にはリュシアンが贈ってくれた宝飾品の予備を着けた、エレナを模った胸像がずらりと並んでいた。それを目にしたとき、エレナは思わず「まあ、すごい！　ここまで拘って作ってくださっていたのね！」と感激の声を上げてしまった。

色とりどりのドレスや帽子、靴までも、衣装部屋にあった品々は、どれもあつらえたかのようにエレナにピッタリだった。

急ごしらえで集めたとは思えぬほどの良質な品々に驚いたものだ。

――きっと、お抱えの職人の腕がいいのでしょうね。

寸法の方は、ラポメ夫人に賂《まいない》でも渡して、こっそりと聞きだしたのだろう。

リュシアンの気遣いに水を差したくないので、ラポメ夫人に確認するつもりはない。

ただ、指回りはまだしも、ウエスト回りの寸法まで彼に知られているかと思うと、どうにも恥ずかしいものがあったが……。

――まあ……でも、夫婦ですもの。今さら、隠すようなことなんてないわよね。

彼には寸法どころか、一糸まとわぬ姿を晒して、すべてを知られているのだから。

そう、余すことなく隅々まで。

――ああ、私ったら、昼のさなかに何を考えているのかしら……！

ふるふるとかぶりを振って邪念を追い払い、あらためて刺繍枠を手に取ったところで、賑やかな話し声が近付いてくるのが耳に届き、ふわりとエレナは頬をゆるめた。

リュシアンと兄の声だ。

エレナの懐妊《かいにん》を知った兄は、昨日、山ほどの土産を持って祝いに訪れた。

初孫に喜ぶ義父からの贈り物と併せて、子供部屋は既に足の踏み場もないほどに玩具や絵本、色とりどりのベビードレスや服飾品が積み上げられている。

義父と杯《さかずき》を交わして大いに盛り上がった兄はベロベロの笑顔で酔いつぶれて、そのまま屋敷に泊まり、今朝は「コレクション・ルームに入れてもらうのだ！」とはしゃいでいた。

「……楽しめまして、お兄様？」

サンルームに現れた兄に微笑みかけると、兄はきらきらと瞳を輝かせて頷いた。

「ああ！　最高だった！　どの品も、奇跡のように美しかったよ！」

感動に震える声に、エレナは「そうでしょうね」と笑みを深めた。

嫁いで間もなく目にしたコレクションは、本当にこれが人間の手で作られたのかと驚き圧倒されるほどに精緻で美しい品々ばかりだった。

優れた職人は皆、エレナと同様に奇跡を生みだす手を持っているのだろう。

「しかし、残念だったな……」

ふと、兄が眉をひそめるのに、エレナは首を傾げる。

「どうかしまして？」

「あの『乙女の祈り』だよ」

「ああ……」

三百年前、千年に一度の天才と呼ばれた名工が手がけ、ヴェルメイユ家の金細工の原点であり頂点ともいわれた逸品。

値が付けられないほどの価値があったその品は、十数年前に、あまりの美しさに魅入られた客が盗みだそうとして壊してしまったのだという。

「まったく……ひどいことをする者がいるものだな、リュシアン」

「……そうですね」

兄の嘆きに、リュシアンはどこか苦い笑みで頷いた。

エレナも「本当に、残念でしたわね」と同調し、それから、ふと呟いた。

「でも、その方もきっと残念だったでしょうね」

「なぜだい、エレナ？」

「だって、お兄様。そうまでしてでも手に入れたかったものを、自分の手で台無しにしてしまったのですもの」

壊れた像を見つめながら、その客は何を思ったのだろうか。

「……さぞ、悲しかったと思いますわ」

そう呟いたところで、エレナはハッと我に返った。

――私ったら、何を言っているのかしら……！

家宝の品を壊した罪人に同情するようなことを言われ、気分を悪くしたのではないかと慌てて夫の顔を見ると、彼は、なぜか瞳を潤ませていた。

「……リュシアン、どうなさったの？」

おずおずとエレナが尋ねるとリュシアンは「何がでしょうか？」と首を傾げる。

その拍子に彼の目からあふれた滴が頬へと伝った。

「え」とリュシアンは驚いたように頬を押さえ、それから取り繕うように微笑んだ。

「……ああ、私の妻があまりにもやさしいので、感動のあまり涙が出てしまいました」

そう言ってリュシアンは手の甲で涙を拭い、笑みを深める。

「……ごめんなさい」

温かな言葉がエレナの胸に刺さる。また彼に気を使わせてしまった。

悄然《しょうぜん》と謝りながら眉を下げると、リュシアンは、ゆるゆるとかぶりを振った。

「……いいえ、嫌味ではありません。本心ですよ、エレナ。あなたにそう言ってもらえて、愚かな罪人も救われたことでしょう」

「……そうかしら？」

「ええ、そうですとも！」

力強い肯定に、エレナは、フッと頬をゆるめる。

彼は本当にやさしい。こうして失言をしても、咎めるどころか褒めてくれるのだから。

「……ああ、でも、私も一度見てみたかったわ」

最初にコレクション・ルームを案内された際にリュシアンから聞いた話では、失われた乙女の像は初代の聖女をモデルに作られたものだったそうだ。

いったい、どのような姿をしていたのだろう。

「きっと、信じられないほどに美しかったのでしょうね……」

ほう、と溜め息をこぼせば、リュシアンは「いいえ」とかぶりを振った。

「あなたのほうがずっと美しいです」

「まさか！」

冗談だろうと笑えば「本当です」と迷いのない声が返ってきた。

「……リュシアン？」

「本当に……この世の何よりも、あなたは尊く美しい」

噛みしめるように呟きながら、エレナを見つめるアメジストの瞳は怖いほどの真摯な熱と愛情を湛えている。

戸惑いながらも視線をそらすことができず、エレナも想いをこめて見つめ返した。

「……ああ～、何だか喉が渇いたなぁ、飲み物でもいただいてくるよ！　エレナ、リュシアン、また後でな！」

二人の間に漂いはじめた甘い——けれど、どこかただならぬ——雰囲気を感じたのか、兄はわざとらしい口調で言いながら、そそくさとサンルームから飛びだしていった。

——お兄様ったら、飲み物ならここにあるのに。

果実水のポットにチラリと目を向け、視線を戻すとリュシアンの手が頬に伸びてくる。

ふれた手が形を確かめるように肌を撫で、温もりを感じとろうとするように包みこむ。

ざらりとした手のひらの感触、自分よりも少しだけ高い体温。

やさしいけれど、情熱を感じる指先。

エレナに限りない愛と喜びを教えてくれた手。

「……もっとさわって」

エレナはうっとりと目を細め、彼の手に手を重ねて、そっと力をこめた。

「ずっと、ふれていてちょうだい」

「……はい」

リュシアンの声がじわりと熱を帯びる。

「これからもずっと、あなただけにふれさせてください」

祈りにも似た囁きが耳をくすぐって。それから、あふれんばかりの想いがこもった甘い口付けがひとつ、エレナの唇に落とされたのだった。

あとがき

お初にお目にかかります。犬咲《いぬさき》と申します。

この度は沢山の本の中から拙著をお手にとっていただき、ありがとうございます。

好きな人のためにちょっと斜め上に頑張るお姫様と、ピグマリオン・コンプレックスを拗らせてしまった騎士の恋、いかがでしたでしょうか。

エレナは最後までリュシアンの本質や悩みのすべてを知ることはありませんでしたが、それでも彼のすべてを救いました。

救ったことさえ気付かぬまま、相手の唯一無二の光になる。

そんな関係が好きです。

また、リュシアンの「ふれたくない女は一応さわれるのに、唯一ふれたいと思った相手は尊すぎてさわれない」というジレンマも面倒で不憫で気に入っています。

そういったところに、ほんのりとしたロマンを感じていただけたなら嬉しいです。

ソーニャ文庫様は以前から一読者として、独自の世界観に魅力を感じておりました。今回、執筆のお声かけをいただいた際は、にわかには信じられず「これが流行りの出版詐欺か……」と思ってしまったくらいです。

本物だとわかった瞬間に、思わず寝ている犬を揺り起こして「やったよ！」と鼻息荒く報告し、鬱陶しそうな態度を取られたことを今でも懐かしく覚えています。

ソーニャ文庫様といえば、いわゆるレーベル推し、レーベルを信頼し愛してくださっている読者様が多いイメージがあります。

ですので「読者様の期待を裏切らないよう、お声をかけてくださった担当様やソーニャ文庫様に恥をかかせないよう、精一杯頑張るぞ！」と意気込み、執筆に取りかかりました。

意気込みが空回りして迷走した時期もありましたが、担当様に「もっと肩の力を抜いて大丈夫です！」と温かな励ましをいただき、せっせと改稿に勤しむこと幾星霜。

どうにか無事に仕上がったのが、こちらの物語です。

ストーリー自体は割とシンプルですが、キャラクターはそれなりに生き生きとした感じになった……なっているといいなと思います！

そして、そんな迷走新人のイラストをご担当くださったのは森原八鹿《もりはらようか》先生です。

本当に感謝しております。

森原先生の描かれるイラストは、男性は凛々しく女性は嫋《たお》やかで、全体的に美しいのはもちろんのことですが、髪や睫毛ですとか女性の身体の曲線ですとか、そういった繊細でやわらかな部分の線が特に大好きです。

カバーイラストのエレナとリュシアンの髪や睫毛、唇、今しもふれそうでふれない指先など本当に麗しくて、美は細部に宿るという言葉を思い出します。

ぜひぜひ、じっくりとながめてご堪能くださいませ！

この度、執筆の機会を与え、完成まで導いてくださった担当様、ソーニャ文庫編集部様、拙い話の魅力を美麗なイラストで大幅に底上げしてくださった森原先生、そして何よりもこの本を手にとってくださったあなたに心からの感謝を捧げます。

拙い話ではありますが、少しでも楽しんでいただけたなら幸いです。

最後までお読みいただき、ありがとうございました。

またどこかで、元気でお目にかかれますように！

犬咲

Sonya
ソーニャ文庫

この本を読んでのご意見・ご感想をお待ちしております。

◆ あて先 ◆

〒101-0051
東京都千代田区神田神保町2-4-7 久月神田ビル
㈱イースト・プレス　ソーニャ文庫編集部
犬咲先生／森原八鹿先生

されど、騎士《きし》は愛《あい》にふれたい。

2022年7月6日　第1刷発行

著　　者　犬咲《いぬさき》
イラスト　森原八鹿《もりはらようか》
装　　丁　imagejack.inc
発 行 人　永田和泉
発 行 所　株式会社イースト・プレス
〒101－0051
東京都千代田区神田神保町２－４－７ 久月神田ビル
TEL 03－5213－4700　　FAX 03－5213－4701
印 刷 所　中央精版印刷株式会社

ISBN 978-4-7816-9725 3

Sonya ソーニャ文庫の本

ずっとそうして、俺から離れなければいい。

騎士団の任務を終えて王都へ戻る途中、嵐に遭遇したカイン。しばらく滞在することになった村で、美しい娘ヴェルと出会う。無邪気な好意を向けてくる彼女の純粋さと優しさに触れ、急速に惹かれていくカインだが、彼女が“水神の花嫁”として、生贄になる運命と知り——!?

『清廉騎士は乙女を奪う』 桜井さくや

イラスト 芦原モカ

Sonya ソーニャ文庫の本

つきまといじゃない。見守っているだけだ。

何者かに殴られて昏倒したエリーは、衛士隊とおぼしき男性、グレイに助けられる。一目で彼に惹かれたエリーは、それから何度も彼と遭遇。ふたりの距離は縮まり、肌を合わせる関係に。だが実は、彼が騎士であり、ずっとエリーにつきまとっていたと知らされて——!?

『ストーカー騎士の誠実な求婚』　秋野真珠

イラスト　氷堂れん

Sonya ソーニャ文庫の本

満月の夜だぞ。夜這いするのは当然だろう?

元婚約者の結婚式でやけ酒をし、女たらしの騎士・レオナルトと関係を持ってしまったヴィクトーリア。一夜の過ちで忘れるつもりだったのに、彼は翌日屋敷に押しかけ、結婚を迫ってくる。レオナルトの執拗かつ奇抜なアプローチに振り回されるヴィクトーリアだったが……!?

『俺様騎士の不埒な求婚』 秋野真珠

イラスト 氷堂れん